Alakarga 111
Edebiyat 092
Müruruzaman Cinayetleri

ISBN: 978-605-9315-11-1
Sertifika No: 24365

1. Basım: Kavis Yayınları 2011
2. Basım: Mayıs 2016, İstanbul
Kapak: Umut Pehlivanov

Arı Matbaacılık Serkan Arı: 0212 612 33 34
Matbaa Sertifika No: 31900

Alakarga Sanat Yayınları Yapım ve Dağıtım Tic. Ltd. Şti.
Mürver Çiçeği Sokak Fikri Erkmen Apt. No: 10/A Daire: 4
Rasimpaşa/Kadıköy
Tel: 0216 450 20 29

alakargakitap@gmail.com
www.alakarga.com.tr
https://www.facebook.com/alakargayayinevi
https://twitter.com/alakargakitap

SUAT DUMAN

mürüruzaman cinayetleri

roman

alakarga

SUAT DUMAN, Kars doğumludur. Uzun yıllar Ankara'da yaşadı. İlk romanı *Cinayet Mevsimi* bu yılların izlerini taşır. Avukat Mehmet Cemil karakterinin maceralarına *Müruruzaman Cinayetleri* ile devam etti. Son romanı *Dünyanın Leşleri* 2015'te yayınlandı. İstanbul'da yaşıyor ve yazıyor.

Nazire için,

tanrım ben neden benim?

sthendal-kızıl ile kara

1

Hayatını müteahhitlik yaparak kazanmış biri için, tene değen çeliğin soğuğu bildik bir his olmalıydı: Serinletici değildi, buzun yapışkanlığıyla, sıyırıp geçen rüzgârla filan eş tutulamazdı. Yokluk gibiydi daha çok, aslında hiç olmayan bir yerde yürümeye çalışmak gibi. İlla yakın bir duyguya benzetilecekse apse yapan dişi hatırlatıyordu: Çekilirse tamamdır, değilse öldürür! Fakat içinde bulunduğu şu dakika itibarıyla müteahhit Servet Bey, çeliğin yarattığı bambaşka bir gerçeklikle yüzleşmek zorundaydı. Birazdan adı tüm kayıtlardan silinecek, mesleği adından kıymetli bir ölü olacaktı onu tanımayanlar için. Profesyoneller için maktul; kimileri içinse rahmet okunacak bir kayıp olacaktı. Burnunun en sivri noktasına namlunun ucu değerken o, Servet Bey, silaha ve soğuğa boş vermiş, ömrünün bu en trajik gerçeği ile hiç de kafasında kurguladığı şekilde karşılaşmıyor oluşunu düşünüp gülümsüyordu. Ölüm onu, gecenin üçünde, karısını uyandırmamak için ayak parmaklarının ucuna basarak, prostatının idrar kesesinde yarattığı baskıyı gidermek üzere salondan tuvalete geçerken yakalamıştı. Cam sehpanın öte yanında biraz sonra sol elinin işaret parmağını kendisini öldürmek için kullanacak olan duruyordu, bu yanında kendisi.

Direnmeyecekti. Yalvarmayacaktı da. Bu dünyadan, uyurken, temiz, artık ne demekse, saygın bir ölümle ayrılmayacağını uzun zamandır biliyordu. Nedensiz bir kaygı değildi bu. Onu çoktan yargılamış, kararını vermiş biri mutlaka gelecek, cezasını infaz edecekti.

Servet Beye kalsa –ki maalesef kalmıyor, istemesek de ona artık rahatlıkla maktul diyebiliriz- barut tenini yakıp, mermi yüzünü paçavraya çevirmeden önce katilinin simasını görmek isterdi. Canavarca bir duyguyla değil, öbür dünyaya duyulan kesin bir inançla açıklanabilirdi onun bu arzusu: Onu öldürecek olanın gözlerini, burnunu, yanaklarının şeklini, çene yapısını, alnını, saçlarını belleğine iyice kazımak istiyordu. Öyle ki ne kadar zaman geçerse geçsin, nerede ne şekilde karşılaşırsa karşılaşsın onu tanıyabilsin ve herkesin eşit, herkesin sevgili olduğuna muhakkak inandığı öte âlemde karşısına geçip, gözleri kanarcasına ağlayarak özür dileyebilsindi: Affet beni! Ne olur affet. Yaşadığım her iğrenç günün azap dolu her dakikasında kendimi öldürmeyi, bir leşten daha fazla kıymeti olmayan bedenimi uçurumlardan atıp, okyanusların ta dibine yollamayı düşündüm. Beceremedim, beni affet!

Tabancanın namlusundan sonra gözlerine en yakın duran şey, kabzayı kavrayan kemikli parmaklardı. Sokak lambasının içeriye vuran kirli ışığını belli belirsiz yansıtan alyans, katilinin evli olduğunu gösteriyordu. Bileklerinden itibarense yağmurluk ya da onun gibi bir şey başlıyordu. Kıyafetinin hiçbir rengi yoktu sanki. Servet Bey bu anlarını konuşmak, af dilemek için harcamak istemiyordu. Kendisi de ölmesi gerektiğini düşünüyordu. Kafasının içinde kurduğu mahkeme salonunda kendi kendini yıllarca yargılamıştı. Bu hayali mahkemenin mübaşiri de kendisiydi. Belki binlerce kez, duruşma salonunun kapısına çıkıp, diline değen zehri tükürür gibi kendi adını bağırmıştı. Hâkim koltuğunda oturan da oydu, "Bir insana yüklenebilecek en ağır suçlarla itham ediliyorsun, anlat bakalım," diye haykırıyordu sanık bölmesindeki kendisine, "anlat bakalım, savun kendini, hangi yalanların arkasına sığınacak, hangi sözcükleri kanatacaksın!" Sonra sanık oluyor, ellerini önünde kavuşturup, hep aynı tevekkül dolu kısa cümlesini söyleyip susuyor, yargılama bir an önce bitirilip, cezaevi filan değil, düpedüz bok çukuruna gönderilsin istiyordu. Ama her celsede eksik bir evrakın, filanca savcılığa yazılan müzekkere cevabının beklenilmesi gibi bir ara karar verilip, hüküm ileriki oturumlara bırakılıyordu.

Bu dünyada işi yoktu artık. Epeydir böyle düşünüyordu. Ama ne teslim olmuştu ne de kendi cezasını kendi verebilmişti. Azabını bitirecek birinin, ayağına kadar gelmiş olmasına seviniyordu neredeyse. Hiçbir özür cümlesinin işe yaramayacağını, dahası ağzından çıkacak her sözün, geçmişteki suçunun altını edepsizce çizmekten, karşısındakinin her gün biraz daha yıpranan sinirlerini sakız gibi çiğnemekten başka bir anlama gelmeyeceğini iyi biliyordu. Kendisine pek bir iş düşmeyecekse bile kararlı durması gerektiğini düşündü. Bakışlarını yağmurluğunun şapkasında kaybolan cellâdının ferini yitirmiş gözlerinde yoğunlaştırdı. Bıyıksız, alnı ve yanakları, ağzının ve gözlerinin kenarları çizgilerle belirginleşmiş, küçük çeneli, emin olamasa da renkli gözlü bu adamın yüzünü zihnine kazıdı; mermi, yatağını sessizce yalamadan az önce, yıllardan beri ilk kez neredeyse mutlu bir şekilde gülümsedi ve kafasında kurguladığı mahkemenin reisine, her seferinde söylediği tevekkül dolu cümleyi yineledi: Gitmek istiyorum!

2

O garip resmin karşısında dikilmiş şakağından sızan yağmur damlasını elinin tersiyle silerken, ucu görünmeyen ve karınca adımlarıyla ilerleyen kalabalığın bitip, müzeye girme sırasının nihayet kendisine gelmesini sabırla beklediğine seviniyordu. Bir pazar sabahını Picasso tablolarını görmek için heba edecek kadar haşır neşir değildi resimle. Sergiye gitmeyenin aklından zoru varmış – herkes böyle diyordu. Arkadaşlarının ısrarlı telkinleri de eklenince uykusuz geçen bir haftayı ara vermeden diğerine bağlamayı göze almış, dünyanın en güzel gününü gözden çıkarmıştı. Gerçi sebepsiz bir şekilde soyulmaya başlayan derisi olur olmaz yerlerde tatlı tatlı kaşınıyor, ne olduğunu kestiremediği bir hastalık ihtimali canını sıkıyordu. Değil dışarı çıkıp insanların arasına karışmak, vücudunun soyulan yerlerine bakmaya bile iğreniyordu. Sol elinin üzeri de soyulmaya başlamıştı. Farkına vardığında elinin üzerindeki tüm deriyi çıkarıp atmıştı da alttan beliren pembe deri sertleşip, normal rengine kavuşana dek eldivenle dolaşmak zorunda kalmıştı. Başlangıçta deri değiştiriyorum, ne var bunda diye eğlenmişti haliyle. Hafife alınacak yanı olmadığını anladığında –saç derisinin, kulaklarının filan soyulması neyse de cinsel organında sallanan bir deri parçası bulduğunda hayati bir sorun olabileceğini kabul etmişti- bir fırsatını bulup doktora görünmeliyim demişti kendi kendine. Sanıyordu ki müzeye gittiğinde elini kolunu sallaya sallaya içeri girecek, rahat ve neredeyse bir başına resimleri inceleyecek, bilinç dışıyla bağ kurmasına vesile olan sanatın arındıran gücüyle ruhu hafifleyecek, ayakları yerden kesilip, eve kadar uçarak dönecekti. Sıyrılan teninden iğrenmesine gerek yoktu haliyle, ben ve Picasso, başka kimse olmayacak, diye espri yapıyordu. Müze girişindeki bekçiye, doğru yerde bulunup bulunmadığını sorduğu anda bile farkında değildi yanı başındaki kalabalığın. Yoğun ilgi nedeniyle müzeye girmek isteyenlerden müteşekkil kuyruk köşkün bahçesinden caddeye kadar taşmıştı oysa. Gece başlayan yağmur hızını kesse de yağmaya devam ediyordu. Şemsiyeler açılmış, ihtiyar bir yılan gibi güçlükle kıvrılan kalabalıktan homurtular yükselir olmuştu. Mehmet Cemil müzeye girmeyi beklediği iki buçuk saat boyunca sergiyi gezme konusunda gösterdiği gönülsüzlüğünü haklı çıkarmak istercesine üzerine üzerine gelen kalabalığa, savruk savruk atıştıran yağmura, küçücük çocuklarını da yanlarında getirmiş can sıkıcı ebeveynlere, ısrarlı ve gürültülü sorularıyla yağmurun sesini bastıran veletlere, kulağının dibinde incir çekirdeğini doldurmayacak mevzularla sevgilisine hayatı zindan eden huysuz kadına ve onun erkek arkadaşına, Picasso'ya, Sabancı'ya, İstanbul'a ve en nihayet kendisine bir yandan lanet okumuş bir yandan da çevresinden kopabilmek için güzel şeyler hayal etmişti: Sıcak bir yatak, perdeleri sıkı sıkıya çekilmiş pencereden içeri ıslık sesi gibi giren güneş ışığı, saatli radyodan aniden yükselen bir halk müziği ezgisi, demini almış çayın odaya dolan rayihası...

Resmin önünde yalnızdı. İçeriyi dolduran hevesli kalabalık kaybolmuş, müzenin duvarları, sütunlar, tabloyu korumak için düşünülmüş güvenlik çerçeveleri ve varsa diğer şeyler silinmiş, Mehmet Cemil resmin önünde savunmasız bir halde buluvermişti kendini. Hazırlıksız yakalanmıştı. Bir kadın, oyuncaklarıyla oynayan çocuklarına bakıyordu. Bundan ibaretti. Alelade bir saadet duygusuydu anlattığı ama saadet denen şey bir insanın hayatında bir anlığına bile gerçekleşebilirse şayet, resim işte o anı gösteriyordu. Bu karmaşık his, belli ki ne aşkla ilgiliydi ne de buna benzer başka bir şeyle. Çocuklarına bakan kadın, günahsız günlerini görüyordu onlarda. Bir zamanlar sahip olduğu ve çoktandır unuttuğu masumiyetti çocuklarında gördüğü. Kendisiydi. Anne olmak değil, can vermek değildi söz konusu olan. Yeniden doğmak, dahası benliğindeki saflığın büsbütün yitmemiş olduğunu görebilmekti. Bir insanın kendisini görmek isteyebileceği en güzel haldi bu. Kokusunu hatırlayamadığı, bir şüpheden ibaret sandığı günlerine yeniden sahip olmak, aldanmadığını anlamaktı. Kadının bedeni, elleri, her birinin yüzüne vuran ışık, anlamı öyle derinleştiriyordu ki, bir tapınağa girmişçesine insanın içini maneviyat duygusu kaplıyordu. Berrak zihinleri, şekilsiz hisleriyle iki çocuk ve onlarda kendindeki iyiliği gören annenin şükranla taçlanan yüzü... Hiçbir ustanın eremeyeceği kadar nadide bir işçilikti bu. Kendiliğinden oluvermişti ve yeniden de yaratılamazdı. Tasarlanmamış, çalışılmamıştı. Mehmet Cemil resmin karşısında kaybolmak üzereydi.

Elini tuttuğu babasına, "Bence anne yorgun, çocukların oyuna dalmasını fırsat bilmiş dinlenmeye çalışıyor. Kadının bir mahkûm, çocukların gardiyan, evinse hapishane olduğu gerçeğini bütün çıplaklığıyla ortaya koyuyor," diyen, büyümüş de küçülmüş çocuğun mide bulandırıcı düzeydeki yetişkin yorumunun kulağına çarpmasıyla kendine ancak geliverdi. Hızla oradan uzaklaştı. Sergideki diğer resimleri aynı yoğunlukla inceleyemedi. O resim, zihnine hâkim olmuştu. Kalabalıktan bunaldığı bir anda çıkışa yöneldi. Vestiyerden pardösüsünü ve cep telefonunu aldı. Hemen dışarı çıktı. Yağmur dinmişti. Otobüs durağına doğru yürürken cep telefonuna gelen çağrı ve mesajları kontrol etti. Yanında çalışmaya başladığı avukat Zeki Bey mesaj yazmıştı. Şaşırdı. Pazar günü kendisinden ne isteyebilirdi ki? Sabırsızlıkla açtı, okudu:

"Neredesin? Hemen beni ara."

Hemen aramayı gerektirecek kadar önemli bir durum olmadığına emindi. Kim bilir hangi dava dosyasının hangi lüzumsuz detayı kafasına takılmıştı da, bir gün daha bekleyemeden göz atmak istemişti. Gözler: Mehmet Cemil'in hukuksal kavram ve terimler görmekten rengi solmuş gözleri. Üstünde fazla durmadı. Otobüste ararım diye düşündü. Daracık sahil yolunda, insanların bile birbirlerine sürtünmeden yürümeleri mümkün değildi. Bu yetmezmiş gibi irili ufaklı bir yığın lüks araç yolu tıkamış, on metre ilerdeki otobüsün durağa yanaşması neredeyse yarım saati bulmuştu. Güçlükle bindi, hıncahınç doluydu. İçerisi insan nefesiyle ısınmış, camlar buğulanmıştı. Birkaç metre uzunluğunda eflatun bir atkıya bürünmüş ufak tefek bir genç kız camın buğusunu resimle şekillendiriyordu. Mehmet Cemil kızın çizdiği resimden seçebildiği kadar dışarıyı görmeye çalışıyordu. Büyük pencereli bir ev yaptı kız. Biraz seyretti evi. Sonra da eliyle dağıttı. Mehmet Cemil ev dağılınca ancak görebildi dışarıyı. Otobüs nihayet Taksim'e gelmişti. Meydanın ıslak taşlarına, kuru talaşlar gibi bir anda döküldü tüm yolcular.

Nereye gittiğini kendisine bile çaktırmadan, o gitmemiş de sıradan alışkanlıkları ayaklarını buraya sürüklemiş gibi İstiklal'deki kitapçılardan birinin önüne kadar geldi. Burada Sevinç çalışıyordu. Mehmet Cemil kimseye söylemiyordu ama hani âşık olmamışsa bile fena halde bağımlılık hissediyordu Sevinç'e karşı. Birkaç dakika karşı karşıya durmak, ağzının içinde dilinin pembe bir yaprak gibi büküldüğünü seyretmek müthiş bir hazdı. İçeri girecekti ki, kapı sert bir şekilde açıldı. Âşık, Asi ve Üzgün dışarı çıktı. Tam da burada, kitapçının önünde karşılaşmış olmalarına hiçbiri şaşırmadı.

3

Kucağında devasa boyutlarda bir ayna ile parmaklarının ucuna basa basa zemin kata kadar gelmişti. Yaptığından utanıyordu. Ayna çalmak! Bunun makul bir açıklaması olamazdı. Mücevher çalmayı, para, araba ya da değerli herhangi bir eşyayı çalmayı anlayabilirdi. Fakat tanımadığı insanların evlerine girip, hiçbir eşyaya dokunmadan yalnızca aynalarını alıp çıkmak! Gülünç duruma düşmeden savunulacak yanı yoktu bunun.

Haftada iki kez farklı evlere girip şansını deniyordu. Kendi evinde adım atacak yer kalmamıştı. Birkaçını duvarlara asmış, kalanlarını bir odaya rasgele istiflemişti. Önlerinden geçtikçe aynalardan bir çift göz imalı bakışlarla kendisini süzüyordu sanki. Biliyordu, kendi gözleriydi ama sorun da buydu işte. Aynaların içinde kendini her gördüğünde bir hırsıza baktığını düşünüyordu. Ahmak, ahmak oğlu ahmak bir soyguncuya bakıyordu aynadaki adam. Kendi iradesi ile misket bile çalamayacak bu adam, bir palyaço gibi yüzünü boyadıktan sonra ayna çalmaya çıkıyor, duyduk duymadık demeyin ey ahali, diye diğer aynalardaki yüzlere haber veriyor aynadan yansıyan mendebur surat, sonra bir ağızdan bu zavallıya gülüyorlardı.

Maske takmak hırsızlığın açık beyanı gibi durduğundan yüzüne makyaj yapmayı tercih ediyordu. Saçlarını jöleyle iyice yapıştırıp bir şapka geçiriyordu kafasına. Çizgisiz, pürüzsüz, ifadesiz bir hava verebilmek için yüzüne bolca fondöten sürüyordu. Gece ışığında birileriyle karşılaşacak olursa tarif edilebilecek bir özelliği olmamalıydı: bir kâğıdın üzerine çizilmiş burun, ağız ve kapkara bir gözlük. Ara sokakları başı önüne eğik, hızlı adımlarla geçiyordu. İstiklal'de yürüyenlerin sesleri sarhoş kabadayılarla didişen travestilerin kulaklara eza bağırtısına, kusanların böğürtüleri bir türkü bardan yükselen halay havalarına karışıyordu. Bir binanın arka tarafından açılan kapıdan bir kova su boca edilmiş, birikmiş çöplerden süzülen pis akıntıya karışmıştı. Gelip geçenler, omuz vuranlar, kaşınan köpekler, tinerci çocuklar üzerine üzerine geliyor, bir tanıyan çıkacak diye ödü patlıyordu. Nasıl olup da kabullenebilmiş, iradesini koyup da niçin geri çevirememişti. Benliğini iki kaşının ortasından yakalayıp ikiye ayıran, gündüzleri 8.30 – 17.00 arası vergi memuru, geceleri 02.00 – 04.00 arası ayna hırsızı yapan iradeye niçin başkaldıramamıştı?

Kucağında, kenarları ahşap işlemeli büyük boy aynayla bu seferkinin doğru ayna olması için dua okurken bir yandan da kimseyi uyandırmamaya özen göstererek dikkatli adımlarla merdivenleri iniyordu. Zemin katta önünden geçtiği daireden gelen gitar sesiyle bir an duraksadı. Müziğin hem sert hem de okşayan, hem acıyla kıvranıp hem de hayatından memnun havası hoşuna gitmişti. Şu rezil makyajı, kucağında hırsızlık malı şu uğursuz aynası olmasa belki de kapıyı vurup gitar çalan çocuğu tebrik edecek, sonra da bir köşeye kıvrılıp devam etmesini, çalmasını isteyecekti. Müziğin yarattığı o bir anlık boşlukta yanlış zamanda yanlış bir yerde, asla olmaması gereken bir durumda oluşuna bir kez daha kahretti. Ne vergi memurluğu çok arzuladığı bir işti, ne ayna hırsızlığını kendi isteğiyle yapıyordu. Ağlamak onu güçsüz düşüreceğinden belki de, haline güldü. Mezarda yatandan hiçbir farkı yoktu, öyle ki isteyerek yaptığı tek şey uyumaktı. Derin, derin bir uyku. Kendisi için yapabildiği tek iş. Hoş, biliyordu, metabolizmasının emriydi, yine de severek alıp yerine getirdiği tek komuttu bu: yorulduğunda uzanıp gözlerini kapamasını bile bedeni söylüyordu ona. Devasa büyüklükteki aynayı kapının yanına güç bela yaslayıp, gömlek cebinden bir kâğıt çıkardı. Kâğıdın arka yüzüne şöyle yazdı: Krallara boş verin, tebaanın müziğini çalın! Yazdığı cümleyi yadırgayarak birkaç kez okudu, aklının ucundan bile geçmeyen bir sözdü yazdığı, bu iddialı cümleden korktu aslına bakılırsa. Üstünde fazla durmadı yine de. Tek amacı vardı, orada olduğunu, farklı biri olduğunu duyurmak, onların hayatını paylaşmak. Kâğıdı kapının arasına sıkıştırdı, aynayı yeniden kucakladı.

4

Avukat Zeki Bey bu saatlerde uyumazdı. Saat dört oldu mu kalkar, hafif bir şeyler atıştırıp çalışma masasının başına geçerdi. Pazar sabah saat 6.35'de gelen telefonu, günü ve saati umursamadan, herhangi bir aramayı yanıtlar gibi yanıtladı bu yüzden.

"Nasıl yardımcı olabilirim?"

Onun bu sükûneti anında karşı tarafa da sirayet etmiş, hüngür hüngür ağladığı her halinden belli olan kadın kendini toparlamaya çalışmıştı. Yine de, Zeki Beyin kulaklarına ulaşan sözcükler ilk başta kopuk ve anlamsızdı.

"Hemen... öldürdüler... lütfen, özür dilerim... kanıyor..."

"Hanımefendi önce sakinleşin lütfen. Beni dinleyin, ağlamayı kesin artık. Sorularımı tek tek yanıtlayın, kimsiniz, adınızı söyleyin evvela?"

"Adım Asude Sönmez."

"Tamam, şimdi öldüğünü söylediğiniz kişi kim, adını biliyor musunuz, niçin öldüğünü?"

"Zeki Bey, sakinim... Tamam, tamam ağlamıyorum."

Kadın gerçekten de ağlamayı kesmişti. Arada bir hıçkırıyor, durmaksızın da burnunu çekiyordu. Derin bir nefes aldıktan sonra da bütün olanları bir solukta özetledi.

"Avukat Bey, hemen buraya gelmenizi istiyorum. Kocam Servet Sönmez birkaç saat önce öldürüldü. Polisi aradım, birazdan burada olurlar, lütfen siz de acele edin!"

Zeki Bey adresi aldı, telefonu kapattı. Servet Sönmez tanınmış bir müteahhitti. Ölmesi, hatta eşinin dediğine göre öldürülmesi ciddi bir haberdi. Yine de, yakın olduğu çevreler, kurduğu ilişkiler, adının etrafında dolaşan gizemli söylentiler nedeniyle yan yana gelmek bir yana, cephe cepheye kapışmak, bir fırsatını bulsa ipliğini pazara çıkarmak isteyeceği türden bir adamın eşi, neredeyse polisle aynı zamanda kendisini niçin aramış olabilirdi?

Kahve hazırlamak için mutfağa geçti. Isıtıcıya su koydu, çalıştırdı. Banyoda yüzünü yıkadı, aynaya baktı. Bir şey, çaylaklara has bir kaygı midesinde sancıyordu.

"Ne bu?" diye sordu, kaygılı yüzüne bakarken aynada. Meslekte otuz yılı geride bırakmıştı, tereddüt edeceği bir sorunla uzun zamandır karşılaşmıyordu, şaşkındı bu nedenle. Servet Sönmez kendi gelse, bir davasına bakmasını istese, ne olduğunu bile sormadan geri çevirirdi, bunu biliyordu. Fakat adamın karısına böyle davranamamıştı.

"Üzgünüm hanımefendi, lütfen bir başka meslektaşımı arayın, uzmanlık alanıma girmiyor."

Orta uzunlukta, gayet nazik bir cümleyle kadının isteğini geri çevirebilirdi. Gerçi özellikle arandığını tahmin edebiliyordu ama açıklayamadığı bir şeyler, içini sıkmaya, onu mutsuz etmeye başlamıştı bile. Kahvesini hazırlayıp bir sandalyeye oturdu. Pencereden sokağa, boş sokakları döven yağmura bakarken, yanağını ansızın ıslatan bir gözyaşı gibi, fakültenin ikinci sınıfındayken babasından yediği o ilk ve son tokadı anımsayıverdi.

1972 yılında yağmurlu bir bahar akşamıydı. Gelecek haftaki İdare Hukuku sınavına günlerce hazırlanmış, yine de kimi ayrıntılar yerli yerine oturmamıştı. Sözgelimi idarenin işlemleri ile idari işlemin niçin aynı anlama gelmediğine aklı ermemişti bir türlü. İdari işlemler idarenin işlemleriydi ama bu idarenin her işleminin idari işlem sayılacağı anlamına gelmiyordu. Tabii ki meseleyi anlıyordu ama basite indirgenmiş birkaç örnekle ikna olmayı sevmiyor, asıl nedene ulaşmak istiyordu. Babası İstanbul'un sayılı avukatlarındandı, ona danışmayı uygun bulmuştu. Babasının bürosuna gitti, kendi anahtarlarıyla kapıyı açtı, odaya doğru yürüdü. İçerden gelen sesler adımlarını yavaşlatmasına neden oldu. Birisi iç çeke çeke ağlıyordu. Biraz da korkarak kapıyı çaldı. Hıçkırıklar devam ediyor, başka da bir ses gelmiyordu. İçeri girdi. Babası kapının yanında yere oturmuş, yanında bitmek üzere olan bir viski şişesi, elinde boş bir kadehle, evet işte, basbayağı ağlıyordu. Daha önce onu ağlarken görmemişti. Yanına oturdu. Bir süre konuşmadan durdular. Neden sonra babası,

"Nereden böyle?" diye sordu. Ağlamaktan sesi değişmişti. Babasını bu halde bulmanın şokunu üzerinden atamamıştı. Artık geliş sebebini umursamıyordu ama biraz da ne diyeceğini bilemediğinden,

"İdare sınavına hazırlanıyordum, idarenin işlemleri konusunu karşılıklı tartışırsak daha iyi olur diye düşünmüştüm," dedi.

Babası elindeki kadehi, sanki çok ağır bir kaya parçasıymış gibi güçlükle yere bıraktı. Oturduğu yerde dizlerinin üzerine kalktı. Bir süre öyle kaldı. Gücünü toparlamaya çalışıyordu. Sonra bir ayağını yere basmayı denedi. Dengesini sağlamakta epeyi zorlandı, neredeyse düşecekti. Bacağına elleriyle yaslanarak ayağa kalkmayı başardı. Sallana sallana masasına kadar yürüdü. Sigarasını aldı. Bir tane çıkardı, yaktı. Sırtı oğluna dönüktü. Sigarasından bir duman çekti, sonra da sanki yakıp da geçmiş bir kadından söz eder gibi,

"İdari işlem ha..." dedi.

Zeki Bey de yerinden kalkmıştı. Kısa bir sessizlikten sonra,

"Bugün ayın kaçı Zeki?" diye sordu babası. Zeki Bey'in kafası karışmıştı, biraz durup düşündükten sonra,

"Hatırlamıyorum, beşi mi, altısı mı?" diye yanıtladı.

Babası yüzünü oğluna döndü. Küçümser gibiydi. Uzun uzun süzdü, sonra da sağ kulağının üstüne, oğlunun tarihe bakışını sonsuza dek değiştirecek sert bir tokat yerleştirdi.

"Bugün ayın altıncı günü oğlum. Kulağındaki yanma hissi her hatırına geldiğinde babanın sarhoş olduğunu da hatırla. Bir böcek gibi deliğine çekilmiş ağladığını da."

Sesi ağzından güç bela çıkıyor, gözünden sağanak halinde yaşlar boşanıyordu.

"Korkaklık, hainlik bu... Delikanlılara... Çocuklara... Fidanlara..."

Gençliğin önderleri idam edilmişti. Zeki Bey babasının memleket meselelerine duyarlı olduğunu biliyordu bilmesine ama bu derece yıkılacağını tahmin etmemişti. Çocuklarını sokaktan, siyasetten uzak tutmak için elinden geleni yapmıştı ne de olsa. Kuşkusuz onurlu bir insandı, hiçbir zaman toplumsal sorunlara sırtını dönmeyi, insanların sıkıntılarını görmezden gelmeyi öğütlememişti çocuklarına. Tersine, hep adil davranmalarını ve kendileri kadar şanslı olmayanlara karşı borçlu olduklarını akıllarından çıkarmamalarını söylerdi. Fakat takvim yaprağının yeşil bir dal gibi kırılıp düştüğü o gün, babasının kendisine aşkettiği o tokat bütün sözlerinden daha etkili olmuş, Zeki Bey'in sonraki hayatında kılavuz vazifesi görmüştü. İlkeli bir insan oluşunda, şövalyeliğe asla soyunmasa bile eline geçirdiğinde kılıcını hep adaletten yana kullanmasında o tokadın payı inkâr edilemeyecek kadar fazlaydı.

Zeki Bey kahvesini bitirdi. Servet Sönmez'in öldürülüşünü düşünüyordu yeniden. Kimin niçin işlediği hukuki süreç açısından önemliydi kuşkusuz, ancak bir anlık tereddüdünden utanmış gibi yine de, kim olursa olsun, dedi kendi kendine, hiçbir durumda cinayet aklanamaz. Toparlandı, tam çıkmak üzereyken, yanında staja başlayan şu Ankaralı romantik gence de haber vermek geldi aklına. Mehmet Cemil'in ev telefonu yoktu, cepten aradı ama kapalıydı. Bu esnada dışarı çıkmıştı bile. Apartmanın önünde şemsiyesini açtı, cep telefonunun küçük tuşlarına dikkatle basarak Mehmet Cemil'e şu mesajı yazdı:

"Neredesin? Hemen beni ara!"

5

Üzgün'ü uyandıran şarkı *living on the edge.* Asi'nin parmakları şarkının giriş bölümündeki melodiyi günün ilk ışıklarına kadar arayıp durdu. Gitarı kavrayan eli sabitti ama parmakları savaş hazırlığındaki yerliler gibi öne arkaya, sağa sola salınıyor, ateşin bir o yanına bir bu yanına geçiyorlardı. Notalarına ulaşamadığı şarkıyı layığıyla çalabilmek için sabaha kadar uğraşmış, onu durduğu kara avludan çekip çıkarmayı nihayet başarmıştı. Âşık daha yeni yatmıştı ama eve gelir gelmez kendini yatağa atan Üzgün'ün kulakları eksiksiz gelen melodiye duyarsız kalamadı. Uykulu bir yüzle kalktı, gözlerini kırpıştıra kırpıştıra baterinin başına geçti. Gitarıyla birlikte Âşık da gelmişti, Asi saydı,

"Ki ve üç..."

Tam o sırada kapının zili berbat bir şekilde öttü. Asi homurdandı, yorgunluktan sesi bile çıkmıyordu aslında. Kapıyı açmaya Âşık gitti, yine gürültüden şikâyet eden birileridir, diye düşünüyordu. Gelen kapıcıydı.

"Gazete filan istiyor musunuz diye baktıydım da..."

"Yok istemez."

"Gece Celile Hanım teyzenin aynası çalınmış da, ses neyim duymadınız ya!"

"Hadi ya gene mi ayna? Duymadık biz.' dedi Âşık, kapıyı sertçe kapadı: kapının önüne, yere düşüveren, üzerinde, 'krallara boş verin, tebaanın müziğini çalın," yazan küçük kâğıdı ne o ne de kapıcı fark edebildi.

"İşe bakın, herif mahallede ayna bırakmayacak!" diye söyleniyordu diğerlerinin yanına geçerken.

"Kim o," dedi Asi, "kapıcı mı?"

"Kapıcı, kapıcı da, sen asıl habere bak. Celile hanım teyzenin de aynası çalınmış."

Üzgün, "Ha siktir," dedi işitilmez sesiyle, "Ne biçim bir hırsız bu ya, bu kadar aynayı ne yapacak ki?"

Âşık, çalmaktan vazgeçmiş, gitarını kılıfına yerleştirirken,

"Vallahi, tuhaf biri olduğu kesin," dedi "tanımak isterim şahsen."

Şarkıyı filan bir anda unutup kendilerini alelacele dışarı attılar. Bir pastaneye oturdular. Kahvaltılık bir şeyler söylediler. On gün içinde mahir bir hırsızın marifetiyle ortadan kaybolan altı aynanın akıbeti hakkında fikir yürütmeye başladılar. Aslında aynalara ne olduğunu kimsenin merak ettiği yoktu. İki soru vardı mahallelinin konuştuğu. Evlere nasıl girebiliyor ve niçin yalnızca aynaları topluyor? Herhangi bir hırsız gibi bütün kıymetli eşyaları yürütmese, kimseye bir zarar vermese de tehlikeliydi. O hikâyedeki gibi, rahat koltuklarda biraz oturup, odalarda uyuyanları sessizce seyretse; eşyaları, duvarları, kapı kollarını, üzerinde çay bardağının izi kalmış masa örtüsünü koklayıp, parmak uçlarını mobilyaların köşe çizgilerinde gezdirse; sonra da geldiği gibi sessizce çıkıp gitse de, tarif edilemeyecek kadar tehlikeliydi bu. Vücudunuza girmiş bir virüsle kıyaslanabilirdi ancak, organlarınızda dolaşan, kafasına göre takılan bir asalakla.

"Aynacı filandır bu herif ya da çerçeveci filan..."

"Yani bütün sıkıntıya ayna satmak için mi katlanıyor?"

"Daha neler! Derdi para kazanmak olsa, hazır girmişken bir güzel soyar da çıkar."

"Herhalde!"

"Lastikçiler, gece dolaşıp lastikleri keser ya hani."

"Yuh!"

"Ne o zaman, megaloman mı bu herif, bakmak için çalmıyor ya!"

"O da saçma, alır bir ayna, bakar. Kendisine o denli düşkün biri hırsızlık da yapmaz bana kalırsa."

"Detaylara takılıyoruz."

"Bir şekilde eğlenceli yine de!"

"Aynalara küskün biridir belki."

"Mevzu aynanın ötesinde, bu kesin!"

Kahvaltıyı uzattıkça uzatmışlardı. Öğleyi biraz geçe kalkmış, İstiklal'de turlamaya başlamışlardı. Bir kitapçıya girdiler. CD'lere, yeni çıkan kitaplara filan baktılar. Kasada duran Sevinç'le biraz lafladılar. Sevinç eğlenceli bir kızdı. Hemen her gün uğrayıp, işin gücün ortasında ne kadar olabilirse Sevinç'le sohbet etmeyi seviyorlardı. İnsanda fazla oksijene maruz kalmış etkisi yaratıyordu Sevinç. Asi demişti, ilaç gibi bir kızdı işte. Neyse, içerdeki kalabalık artmıştı. Sevinç'i oyaladıklarını fark edip, vedalaştılar. Asi ağır cam kapıyı güçlükle açtı. Dışarı çıktıklarında karşılarında Mehmet Cemil'i buldular. Tam bu noktada karşılaşmaları ne onlar için ne Mehmet Cemil için sürprizdi, pek şaşırmadılar!

beş hafta sonra

6

“Ölümün soluğunu ensesinde hissetmek” deyimini ilköğretim öğrencileri kompozisyon sınavında nasıl açıklarlardı bilmem. Fakat Mehmet Cemil’in ensesi, cehennem cellâdının nefesinden adeta tutuşmuştu. Saçları, merhametsiz bu alevle eriyip akmış, kürek kemiklerinin arasından kor bir bilye kalçasına kadar yuvarlanmıştı sanki. Yoğun bakım ünitesinde geçirdiği üç günün ardından servis odasına alınabilmişti nihayet. Gözlerini açmaya çalıştığı o sersem vaziyette -tükenmiş kasları, dağılmış zihniyle ancak bu geliyordu elinden işte- şöyle mırıldanıyordu:

“nice acı unutulmuş, nice haz bir anda savuşturulmuştur.” Zeki Bey’in çalışma odasının duvarında asılı, üzerinde adalet tanrıçasının eli kılıçlı silueti seçilen, otuz beşe yetmiş büyüklüğündeki çerçevede iri ve italik harflerle tam olarak yazan şuydu:

“Hukukta süreler hiçbir şeyde olmadığı kadar önemlidir. Zira açlara ve yorgunlara bir saat yeter; nice acı unutulmuş, nice haz bir anda savuşturulmuştur. Fakat gecikmenin affedilmediği tek kurumdur hukuk: saniyeler bir insanı canından edebilir, bir anlık ihmal servetlere mal olabilir...”

Çevresini algılamaya başladığında yedi kişi saydı yanında. Üzgün, Âşık, Zeki Bey, Ankara’daki abisi, tanımadığı bir adam, doktor ve hemşire. Oysa Asi de oradaydı. Yasak olmasına rağmen pencereyi aralayıp kafasını dışarı çıkarmıştı. Hastane kokusuna dayanamamış, ciğerlerine temiz hava dolduruyordu.

Bu hasta yatağında ne aradığını bilmiyordu. Fakat neyse ki hastanede olduğunun farkındaydı. İşte sevdiği insanlar yanı başında, belli ki rahatlamış, gülümsüyorlardı. Doktoru, bir doktordan çok bir öğretmen gibi bakıyordu suratına. Tebrik eder gibi bir hali vardı. Geç de olsa okumayı sökmüş öğrencisine kurdele takar gibi bileğini tutup nabzını sayarken dedi ki,

"Zor kısmını atlattın delikanlı, hadi toparlan artık..."

Kurdeleyi hak edecek ne yaptığını bilmiyordu ama içinde bulunduğu durumun ağırlığını anlaması için, oksijen depolamış bir halde yanına gelip, "Amma uyudun ha!" diyen Asi'ye doğru başını çevirmesi yetti. Boğazından kulaklarına dek her milimetreye ameliyat bıçakları girmişçesine inledi. Yanı başındakilerin telaşla koşuştuğunu, her kafadan bir ses çıktığını fark edebiliyordu ama acıdan gebermek üzereydi, hiçbirini anlamıyordu. Hemşire geldi, odadakilerden çıkmalarını rica etti, Mehmet Cemil adlı hasta nesnenin verilerini kontrol etti, sınıf öğretmeninin yerine bakmak zorunda kalan nöbetçi öğretmen tahammülsüzlüğü ile azarlayarak bir şeyler söyledi, çıkarken gürültülü bir şekilde kapıyı kapadı.

Delirmek işten değildi. Bacaklarını kontrol etti, sorun yoktu, buna sevindi. Kısa ömründe onu ürküten olasılıkların başında bacaklarını kullanamamak gelmişti hep. Bu korkunun kaynağını bilemiyordu ama güçsüz ciğerleri rahat bırakmasa ve neredeyse on yıldır hiç gerekmese de yürümek bir yana, koşamamak ihtimali onu öylesine bunaltıyordu ki, rüyalarında yürüyen ağaçlar, yılanlar, koşup dans eden evler görüyordu da, kendisi kaskatı, zincire vurulmuş duruyordu bu uyku zindanında. Ne eğlenceye karışabiliyor, ne dehşetten kaçabiliyordu. Koşmaktan daha eğlenceli bir oyun tasavvur edemiyordu. Daha devrimci bir eylem yoktu. Bütün sevdiklerini kucaklamaktan farksızdı. Koşmuş bir insanın yaydığı kokuya hayrandı. Koştuğunda herkese inanıyordu, herkesi inandırmanın en kestirme yolu da buydu şüphesiz. Mahrum kalmak istemediği şey koşmaktı aslında. Bu nedenle görme sorunu yaşamadığına da ayrıca sevindi. Kollarını kaldırmayı denedi. Ensesinden, omuzlarının hemen üzerinden ve sol kolunun bileğinden acı hissetti. Yine de hareket ettirebiliyordu. Rahat bir nefes aldı. Şimdilik tek sorun, bir ayna da yoktu ki aksi gibi etrafında, kıyma makinesinden dökülen etler gibi, suratının her tarafında iri böceklerin gezinmesiydi. Kedi pençesinden farksız ayaklarıyla miskin tahtakuruları çekip çekip bırakıyorlardı etini sanki. Ne olabilirdi ki, yüzü acıyor diye ölecek değildi ya!

Başına ne gibi bir felaket geldiğini çıkaramıyordu. Hastaneye yatalı kaç gün geçtiğini, daha ne kadar yatması gerektiğini bilmiyordu. Yine de onu böyle paçavraya çeviren şeyin içinde illaki bir parça kahramanlık, hep gözleyip de arasına katılmaya mecalinin yetmediği tatlı bir macera barındırdığına emindi. Neredeyse gurur meselesiydi bu Mehmet Cemil için. Hikâyenin ihtiyaç duyduğu bir karakter, maceranın içinde bir cadde, yağmurlu bir gece, karanlık bir çatı katı, gölgede bir çift göz, mahir bir hırsız... Artık neresine deydiyse, onu ne kadar kabul ettiyse kendi dünyasına; önemli değildi, onu hastanenin boğucu atmosferine fırlatan maceraya bir yerinden müdahil olmuştu, bu kesin. Verdiği acıya rağmen dudaklarında hafif bir tebessüme engel olamadı. Düzeltilmiş, redaksiyonu, dizgisi yapılıp birkaç kez gözden geçirilmiş hijyenik metinlere benzememeliydi hayat. Ak sayfaların her boşluğuna karalamaların, üstü çizilmiş cümlelerin, iç sıkıntısının, parmak izinin düştüğü; kıskanç, öfkeli bir kalemin ayak diredíği; kudurmuş bir belleğin zehirli dişlerini geçirdiği samimi, kendini bilmez bir hikâye gibi... Eh! Ne şekilde olursa olsun, hayatı tarif etmekten iğreniyordu: böylesi bir cüret, intihar mektubunda dile gelebilirdi ancak.

Ceberut hemşire –çokbilmiş sınıf öğretmeni– gelip orasını burasını şırıngalar ve hortumlarla yeniden taciz edene dek belleğini yoklamanın işe yarayacağını düşünüyordu. Tam karşısındaki duvarda asılı olan takvimden tarihi okudu. Kendine geleli yirmi dört saat bile olmamıştı ama takvime bakılırsa bu, yaklaşık dört gün sürmüştü. Ölümden dönmüş olmalıyım diye geçirdi içinden. Sağ köşede, tavana yakın bir noktada otuz yedi ekran bir televizyon açıktı. Pencereden giren ışık ekranın seçilmesini zorlaştırıyordu. Yanındaki masadan kumandayı aldı ve televizyonu kapadı. Gözlerini yumdu. Yüzündeki, bileklerindeki, göğsündeki acıya odaklandı. Dört gün öncesinde başına gelen kazayı çıkartırsa, geriye doğru bütün eksik parçaları yerine koyabileceğini biliyordu. İlk hatırlayabildiği bir cümle oldu. Yetişkin bir adamın, çocukluğuna hapsolmuş cılız sesiyle, sinir nöbeti geçirircesine yineleyip durduğu bir cümle,

"Annemin suçu, annemin suçu bu, annemin..."

7

Bir sarışını takip ediyordu. İstiklal Caddesinin Taksim girişinden Yeşilçam Sokağına dek sarışınla yan yana yürümüşlerdi. Bir ara koluna girmişti hatta kadın, Mehmet Cemil bu samimiyet karşısında titremişti adeta. Yine de kadının, kolunu kavrayan eli rahatını kaçırmıştı. Bileklerinden başlayan şu soyulma, yayıldıkça yayılmış, sağ kolunun tamamını kaplamıştı. Tatlı bir histi ya, nedenini bilmediği bu durum - bir deri hastalığı mıydı, bulaşıcı bir illet miydi bilmiyordu, pis bir şeydi en azından- tedirgin ediyordu onu. Kadının eli, derisi soyulmuş koluna değdiğinde odaklanabildiği tek şey bu oldu. Soyulan deri, yerini yenisine bıraktıkça lüzumsuzlaşmıştı gözünde. Etine yapışmış bir sakız gibi kaşındırıyor, koparıp attıkça gözleri doluyor, nara atmak isteği ile yanıp tutuşuyordu. Haftalardır soyulan deriyle vücudunda yaşayan yeni biriymişçesine tartışmaya başlamıştı bir keresinde. Çektikçe geliyor, soydukça yayılıyordu da, "ne arsız şeysin birader" deyivermişti, "bela mısın başıma, yapıştın kaldın." Sarışın koluna girdiğinde duyduğu tedirginliğin bir sebebi de buydu, soyulan deri şımaracak diye korkuyordu. Kadının parmaklarına pıt pıt vuracaktı kim bilir, sağı solu belli mi olurdu mendeburun.

Gece. İstiklal Caddesi ne kadar olabilirse o kadar karanlıktı. Sarışın kaçmıyordu aslında, Mehmet Cemil durmuş, kadının uzaklaşmasını beklemişti, kafasını toparlamak istiyordu. Az önce üç cinayeti de kendisinin işlediğini söylemişti. O, cinayet demiyordu elbette buna. Aslına bakılırsa intikam da demiyordu. Kanı yerde kalmadı, hesabı görüldü, adalet yerini buldu gibi laflar da etmemişti. Ona kalırsa o sadece öksürmüştü. Hastalandığında doktoru demişti vaktiyle, öksürmeye çalış, başarabilirsen her şey yoluna giriyor demektir. O, 24 yıldan beri ilk kez öksürmüştü. Onun treni –böyle mi derler, hayat treni- yolundan çıkmamıştı gerçi, büsbütün hurdaya dönmüş, dağılmıştı. Yoluna girebilecek bir hayatı yoktu. Çileli bir yolda tek başına yalınayak yürüyordu o. Güneş doğduğunda bir bardak su içip güçlükle yutkunuyordu uyku haplarını, nafile bir uykunun sevabına. Gece, sevdiklerinin kanı sıçrıyordu hâlâ suratına da, atkısını çekiştiren köpeklerle birlikte sabaha dek sokakları arşınlayıp, annesinin sakın ha yasakladığı kelimeleri keşfediyordu: Şerefsizler, piç kuruları, allahsızlar...

Gerçek miydi bu kadın? Kederiyle resmedilmiş yağlıboya bir tabloyu andırıyordu daha çok. Bir felaketle yeniden doğup, kötülere kötülük yapan gazap meleği gibi, pelerinine bürünmüş, bir anda yitmişti gözünden. Saçları karaydı da sarı sokak lambası yanıltıyordu Mehmet Cemil'i ya, ya da tam tersi doğruydu bunun, kadının sarı saçlarını, sokak lambasının kirli ışığı karartıyordu. Bir an duraklamıştı, hatırladığı kadarıyla. Tam o sıra kadın hızlı adımlarla köşeden dönmüştü. Mehmet Cemil –galiba gözleri dolmuştu, kadın hüznünü fark etmesin diye duralamıştı biraz- kafasını kaldırmış, önünden geçtikleri binadan sokağa taşan müzik sesinin geldiği yöne bakmıştı. Eğlenmenin ne anlama geldiğini bilmezdi Mehmet Cemil, bu nedenle eğlenen insanlara saf bir merakla bakardı. Müziği dinledi, insan seslerine karışmış, yitmişti müzik. Boş gözlerle başını çevirdi. Sarışının yan sokağa kıvrıldığını o sıra fark etmişti. Boş caddeye, fare deliği gibi duran sokaklara, karnını deşip, bağırsaklarını dışarı dökmeyi tasarlayan serserilere, çöp yığınlarını eşeleyen martılara filan baktı. Bir itirafname yazacak olursa, burada bu saatte yalnız başına bulunmaktan korktuğunu da açık yüreklilikle ekleyecekti.

Sarışının kaybolduğu sokağa doğru koştu. Sokağı döndüğü anda... Yatağında doğrulmaya çalıştı Mehmet Cemil. Nefes nefese kalmıştı. Kadının peşinden koşup sokağa girdiğini anımsıyordu ama sonrası yoktu. Belli ki, kaza anı o andı. Araba mı çarpmıştı, köpek mi saldırmıştı, tinerci çocuklar mıydı... Dudakları kıpırdadı, ağzı açıldı ama sesi çıkmadı. Bir daha denedi, olmuyordu. Dili damağı kurumuştu, su isteyecekti ama hemşireye seslenemiyordu bile. Birkaç kere daha denedi, nafile, kan ter içinde kalmıştı. Yanındaki masanın üzerinde boş bir bardak duruyordu. Ne işine yarardı ki. Ağzını açmadan sesini çıkarıp çıkaramadığını görmek istiyordu. Gırtlağından gelip, ağzının tavanını, dudaklarının iç çeperini belli belirsiz titreten bir ses çıkarmayı başardı. Kendine güveni gelinceye dek birkaç kez tekrarladı bunu. Biraz dinlendi sonra ağzını aralayıp var gücüyle hemşireye seslendi. Bu defa sesi öyle denetimsiz çıkmıştı ki boğazlandığından korkan hemşire, yanına kat görevlilerini de katıp hışımla odaya dalmıştı. Bir bardak su istedi Mehmet Cemil. Hemşire suyu doldururken diğerleri gülerek ayrıldılar odadan.

Birisi gelip de anlatsa ya neler olduğunu! Hayır, olmaz, önemli olan bir an önce sağlığına kavuşması, değil mi! Evet evet.

Aslında Mehmet Cemil'in hatırladığı akıllara zarar bir şeydi. Sarışın sokağı döndükten birkaç saniye sonra fırlamıştı olduğu yerden Mehmet Cemil. Ne var ki sokağa girdiğinde kadını görememişti. Bunu net olarak hatırlıyordu. Sarışın yoktu ortalarda. Koşarak gelmiş, o hızla sokağa girmişti de başında kasketi, üzerinde siyah kadife ceketi, omzunda çantasıyla iyi tanıdığı, en azından öyle sandığı birini –bir yerküre yolcusu, kendinde bir seyyah, diye tanıtmıştı, Gülizar Müjde vaktiyle onu arkadaşlarına- kendisini görmüştü sokakta.

Bu şekilde sonuç alamayacağı ortadaydı. Fragman izlemekten farkı yoktu, en heyecanlı parçaları arka arkaya çakıp sönüyordu zihninde. Başa dönmesi gerektiğini anladı. Hatırladığı son tarih dört gün öncesiydi. Bunda sorun yoktu. Diğer taraftan müteahhit cinayeti işleneli neredeyse beş hafta olmuştu. O halde beş hafta öncesinden başlamalıydı. Hafızası da yerine geliyordu artık. Evvela şu sorularla cebelleşmesi gerekiyordu:

- Servet Sönmez cinayetinin aynı gün işlenen diğer iki cinayetle bağlantısı var mıydı?

- Cinayette Rusların rolü neydi?

- Bolivar Desperati kaçmayı başardı mı?

8

Belleğini yokladığında, Zeki Bey'in yaptığı kesintisiz bir konuşma anımsıyordu ama o konuşmayı olay akışı içerisinde nereye yerleştireceğini bilemiyordu. Gerçi fark etmezdi, doğru akışın hangisi olduğunu kim bilebilirdi ki? Zaman mevhumunu allak bullak eden, fiziki bir kavram olarak zaman algısını büsbütün yamultan bir soruşturmayla yüz yüzeydiler işte. Belli ki bu dava itibarıyla zaman, felsefi, bilimsel bir sorun olmaktan çıkmış, toplum vicdanındaki yarılmanın ta kendisine dönüşmüştü. Daha ilk günden çözülmüş gibi duran dava her yeni delille karmaşıklaşmış, eksik parçalar bir bir yerine konup, şüpheli hususlar azaldıkça, maddi problem çözülür gibi olmuş, yine de herkes için mağdur ile maktul, haklı ile suçlu birbirine karışmıştı. Gene de tartışmaya açılan asıl kavramlar adalet mekanizmasına ait değildi. Yiten vicdanımıza, kemikleşen etimize, kömürleşen canımıza dairdi süren sessiz hesaplaşma. O yüzden Zeki Bey'in Mehmet Cemil'i karşısına alıp dosya ile ilgili ayrıntıları sıralı sırasız dikte ettiği gün kronolojik olarak yerli yerinde miydi, emin olamadı. Herhalde Âşık, Asi ve Üzgün'le Nevizade'de içerken ansızın kalkıp doğruca Zeki Bey'in ofisine gelmişti de cep telefonuna gelen mesajın aklından nasıl olup da çıktığına yol boyu canı sıkılmıştı. Ofise girer girmez, Zeki Bey'in gözüne gözükmeden odasına çekilmişti. Birkaç dakika sonra yanına gelen Zeki Bey, karşısında dikilmiş, elindeki ajandadan gözünü ayırmaksızın lafa girmişti,

"Masanın tozunu al Mehmet. Kapatma, pencere açık kalsın. Neden aramadın? Hemen ara, diye mesaj yazmıştım. Servet Sönmez'in adını duymuş muydun? Gece öldürüldü. Alnına bir delik açmışlar. Anında gitmiş. Esiyorsa kapat, ne yapalım. Yoğun bir gün. Adamın iki eski arkadaşı da aynı gün öldürüldüler. Servet Sönmez muhtemelen sonuncusuydu. Sabah, öğle, akşam. Üç cinayet. Hemen araman gerekiyordu, dolapta kiraz var, gelirken aldım, bir ara yersin. Servet Sönmez'in evine polisten önce ben girdim. Karısı doğruca beni aramış, anlaşılır aslında. Neyse, delil olabilecek bir iki şey aldım adamın üzerinden. Defterini çıkart, yazıyor musun? Hah, bir, uzun, sarı bir saç teli, parantez aç, boya değil, gerçek sarı, parantezi kapa. Dur, parantezi kapamadan bir not daha, karısının saçları açık kahve, yer yer beyazlar görünüyor. Evet, iki. Maktulün cep telefonundan aranan son numara, Kameriye, diye kaydedilmiş. Parantez, karısı numarayı çıkaramadı, Kameriye ne, bilmiyor. Yazdın mı? Devam, evet, üç, Servet Sönmez'in ajandası. Çekmecesinden alındı, bu parantez içinde olacak. Tamam, alta geç, Servet Sönmez'in ajandasından çıkanlar, numara vermene gerek yok alt alta yaz. Hazır mısın? 1979 yılı Hürriyet gazetesinden muhtelif sayıların kesikleri. Yine, Hürriyet ve Cumhuriyet gazetelerinden kesilmiş fotoğraf ve haberler. Katlanarak ajandanın içine konulmuşlar. Altına, ihale notları. Maltepe Camii ihalesi, kısa çizgi, Ankara, ihalenin ayrıntıları, toplam on sayfa. Sonra, dur bakalım, evet, Çankırı Devlet Hastanesi, pazartesi teklifler kapanacak, Akşitler de giriyor, altında kırmızı kalemle "pezevenk", diğer sayfa alt köşede, çalakalem alınmış bir not, enginar, dereotu, bezelye... dur dur bunu yazma, alışveriş listesi işte. Sona geldik, aradaki benzer ıvır zıvırları atlıyorum, alta geçtin değil mi, güzel, şöyle yazıyor, Serkan'ı uyar. Bak bakayım, Serkan değil mi bu, Serhan da olabilir, Selman da. Sence? Serkan! Bana da öyle geldi. Sen yine de parantez aç, Serhan ya da Selman olabilir, de. Tuhaf, Serkan'ı uyar, yazmış, sonra da üstünü çizmiş. Uyarmış da mı çiziyor yoksa uyarmaktan vazgeçtiği için mi? Her nasılsa artık, üzerinin çizildiğini de not al. Pekâlâ, ajandayı ben incelerim. Senin vazifen telefon numarasının sahibini bulmak ve ağzını aramak. Biraz hafiyelik yapman gerekecek ama ne yapalım, işin doğasında bu da var. Alışacaksın. Kameriye kim, ya da ne? Konuyu açma, bir hikâye uydur, öğrenebildiğin kadar ayrıntı öğren, sonra birlikte değerlendiririz. Uykunu alamadın mı sen? Eh, buna karışamam işte, senin yaşında geceleri yapılacak son şey uyumaktır herhalde."

9

Servet Sönmez cuma gününü cumartesi'ye bağlayan gece yarısı öldürülmüştü. Avukat Zeki Bey, maktulü ilk gören olmanın avantajını kullanarak, salonun ortasında duran ağır cam sehpanın üstündeki dantel örtüden uzun sarı saç telini; çalışma masasının kilitli çekmecesinden 2000 senesine ait ajandayı; cep telefonundan aranan son numara ile aynı numaradan kendisine gelen "emriniz olur" mesajını almış, karısının bedbaht gözlerine bakmamaya çalışarak elini sıkıp evden çabucak ayrılmıştı. Ofisine döneli iki saat olmuştu ki internette gördüğü, son 24 saate ait iki cinayet haberi dikkatini çekti. Çorumda bir emlakçi, ofisinde öldürülmüştü. Cinayetin – polis intihar olmadığını kesin bir dille açıklamıştı – Cuma sabahı erken vakitlerde, susturucu kullanılmış bir tabancayla işlendiği, şekil itibarıyla katilin soğukkanlı ve profesyonel bir tetikçi olabileceği vurgulanmıştı. Yine Cuma günü akşam yedi sularında Ankara'da öldürülen bir işadamının haberi verilmişti. Gölbaşı ilçesinde bir balık restoran sahibi Serkan Şeker isimli maktul, restoranın tuvaletinde, belli ki hazırlıksız yakalanmış, üstünü başını toparlamaya bile fırsat bulamadan kulağından giren tek kurşunla oracıkta can vermişti. Haberin verilme biçiminden habercilerin de polisin de çok heyecanlı olduğu anlaşılıyordu. Zira her iki cinayetin aynı kişi tarafından işlendiği tahmin ediliyordu. Bu da tabii, hasreti çekilen yerli, zeki seri katil hikâyesi demekti. İz bırakılmamıştı, katil iyi çalışmıştı, polis şaşkındı, böylesi görülmemişti vb.

Haberlerde geçen ve adının açıklanmasını istemeyen güvenilir bir kaynaktan alınan bir ayrıntı, Zeki Bey için diğerlerine göre bir adım daha dikkat çekiciydi. Serkan Şeker'in gömleğinin cebinden bir kartvizit çıkmıştı ve üzerinde telefon numarası dışında tek kelime yazıyordu: Kameriye! Cinayetin sebebi başka bir kadın mı, haberin başlığı buydu.

"İnce, sarı bir saç teli Servet Sönmez'i Serkan Şeker'e ve diğerine bağlamaya yetecek mi bakalım." diye düşünüyordu Zeki Bey. Hemen telefona sarıldı, Ankara'da kendi haber ajansının başına geçen ve gündem belirleyen birçok haberin altında imzası bulunan genç muhabir arkadaşı Cansu'yu aradı. Serkan Şeker'in öldürülmesi ile ilgili elinde başka bilgiler olup olmadığını bilmek istiyordu. Cansu, cep telefonunu daha ilk çalışında açtı. İki dost bir süre sohbet ettiler. İlk haberi Zeki Bey verdi,

"Servet Sönmez öldürüldü, geldi mi haberi?"

Haber gelmişti. Polis bilgi vermiyordu, olağanüstü bir gerginlik vardı.

"Peki, Serkan Şeker'in kim olduğunu araştırabildiniz mi?"

Cansu,

"Abi telefonda söylemesem daha iyi ama Çorum'da öldürülen Rahim Zorlu'yla beraber bu üç cinayetin kesişme noktası kimin kirli kimin pak, kimin katil kimin maktul olduğunu uzun uzun tartışmamıza neden olacak. Erken konuşmayayım ama bana öyle geliyor ki, 24 saat içinde üç farklı şehirde işlenen üç cinayetin tek sebebi, tek silahı ve tek faili var." diye yanıtladı onu. Sözü daha fazla uzatmadılar, daha sonra yüz yüze görüşmek dileğiyle telefonu kapadılar.

Aslında ölenlerin gizli kimliğini öğrenmek için kimsenin özel bilgisine ihtiyacı yoktu Zeki Bey'in. Öldürülen üç kişiyi birbirine bağlayan ortak geçmişin izini sürebilmek için ne muhabir dostların tecrübesi ne de güvenilir kaynakların vereceği bilgiler Servet Sönmez'in ajandasından fazlasını içerebilirdi. Bunu keşfetmesi için bir saat yetti Zeki Bey'e. Ajandayı eline aldı, ofisin içinde bir aşağı bir yukarı dolaşarak, dikkatle değilse de önemli yerlerini kaçırmaksızın sayfaların sonuna geldi. Bu sararmış sayfalar ölenin hayatından kimi detayların yanı sıra girilen ihalelere dair pis kokular; iş arkadaşları ve çalışanları hakkında fişleme mahiyetinde bilgiler; hükümet ve bazı bakanlarla ilgili notlar, - adamımız – T.'nin aracılığıyla – bizi sevmez – türünden aşağılık detaylar içeriyordu. Fakat tek bir satırda bile can korkusunun, musallat olmuş bir belanın esamisi okunmuyordu. Bu adam, ajandasına cinayete ışık tutabilecek tek bir kayıt bile düşmemişti. Zaten Zeki Bey'in sorunu kavramasına yardımcı olan detay satırlarda gizli değildi. Tersine, o ana kadar Zeki Bey'in neredeyse hiç ilgilenmediği gazete kesiklerindeydi her şey. Avukat Zeki Bey kupürlerin birkaçına şöyle bir baktı, bu sırada ayaktaydı – kilo vermeye çalışıyordu, bu nedenle ofiste bile hareket halinde olmaya özen gösteriyordu – oturdu. Çekmecesinden büyükçe bir büyüteç çıkardı. Kupürlerden birkaçını yan yana yerleştirdi, büyüteçle incelemeye koyuldu. Bütün haberler bir bombalama olayıyla ilgiliydi. Görünen o ki ölen olmamıştı, çok sayıda yaralıdan söz ediliyordu. Haberin bir hayli ses getirdiği anlaşılıyordu. Görgü tanıklarının beyanlarına göre arabada bekleyen bir kişi ve bombaları bırakan iki kişi vardı. Bunlar meydanın iki tarafındaki girişlere küçük birer valiz bırakıp ayrılmışlardı ve bunu izleyen yarım saat içinde de arka arkaya patlamalar işitilmişti. Meydanın seçilme sebebi açıktı. Türkiye'yi ziyaret edecek olan ABD Genel Kurmay Başkanı'nı protesto etmek üzere yasadışı bir sol örgüt korsan gösteri koyacaktı. Belli ki polisin her şeyden haberi vardı. Bombalar örgütü hedef almaktaydı ama örgüt yandaşları meydanın orta yerinde ve toplu halde durunca, iki uca yerleştirilmiş olan bombaların öldürücü etkisinden kurtulmuşlardı.

Zeki Bey olayı hatırlamıyordu. Üzerinden uzun zaman geçmişti ve o günlerde neredeyse vakayı adiyeden sayılırdı bu tip haberler. İzleyen günlerin ve 1980 yılına ait gazetelerin haberlerinde daha ziyade mahkeme süreci işleniyordu. Savcının iddianameyi hazırlaması haftalar sürmüş, katılanların beyanları dikkate alınmamış, askeri vesayet günlerinin arifesinde yargılama süreci gelip, bir tanığın, bombacıların ismini bile vermesine rağmen, sanıkların yakalanamamasına dayanmıştı.

Zeki Bey, üzerinden bir gün bile geçmeden üç ölünün sırrına nail olmuştu bile: "ad değiştirmek, işe yaramamış demek!"

Yapması gereken, bombalama olayının seyrini görebilmek için, dava dosyasını incelemekten ibaretti.

Bu konuda bir sorunla karşılaşacağını sanmıyordu. Bir yandan da diğer izleri sürmekte fayda vardı. Nitekim cinayetlerin sebebi, dava dosyasının incelenmesiyle açığa kavuşacaktı belki ama onları kimin öldürdüğünü bu şekilde öğrenemezdi. Mehmet Cemil'in yanına geçti,

"E, Kameriye neymiş, öğrenebildin mi?" diye sordu.

Mehmet Cemil kaytarırken yakalanmanın mahcubiyeti ile Suç ve Ceza'nın ikinci cildini masanın üzerine bıraktı ve masum bir yalan söyledi,

"Telefona cevap veren olmadı, birazdan yine denerim."

10

Yalnız şehir, yalnızca yalnızların. Abanoz tahtlar sergisi, birini beğen Üzgün, demişti Mehmet Cemil. Öğle yemeği niyetine bir şeyler atıştırmak için dışarı çıkmıştı. Bir yandan da şu Kameriye'yi aradığında -telefonun açılmasından korkuyordu galiba, aramayı bile bile geciktiriyordu- nasıl konuşacağını tartıp duruyordu. Tavuklu pilavını yemeğe henüz başlamıştı ki masasına Üzgün oturdu. Durgun görünüyordu. Zor duyulur sesiyle kalabalıktan yakınıyordu. İstanbul'un, yıllarca giyilse de eskimeyen, sağlamlığıyla insanı yıldıran ayakkabılar gibi olduğunu söylemişti: hemen her gün yenisini almayı düşünürsün ama yapamazsın, bunu kendine yakıştıramazsın. Yine de Üzgün, ne yapsa sığamamıştı doğup büyüdüğü şehre de, bir hortum kendisini ansızın alıp koparsın istiyordu buradan. Mehmet Cemil'se yerleşeli daha üç ay olsa bile, sanki ömrünün tamamı burada geçmiş, en yiğit hatıraları burada birikmiş gibi öyle kanıksamıştı ki şehri, işte böyle laflar geveliyordu ağzında yılların İstanbullusuna. *Sevinç ki, kıyas kabul edecek tek kelime hürriyettir,* diyordu mesela. *İstanbul, bir dostla gülmeye benziyor Üzgün. Yeni biriyle sevinmeye. Yalnızların hürriyetine benziyor!*

Tabii, bu kelamları ederken, bazı sözcüklerin ölçüsünü ayarlayamıyordu Mehmet Cemil. Söz gelimi "sevinç" kelimesindeki vurgu dikkatten kaçacak gibi değildi. Ağzından, Türkçenin en varsıl sesi gibi çıkmıştı. Sonundaki ç tiz bir şekilde yankılanmış, sözcük, olabilecek tüm çağrışımlarıyla, savrulan çiçek tozları gibi havaya karışıvermişti. Böyle olmuştu da, Üzgün, bıktırıcı bu göndermelerden usanmıştı artık. "Sevinç" lafını duyduğunda elinde olmadan dikkati dağılmış, Mehmet Cemil'in – belki de manalı – sözlerinin tek kelimesini bile ciddiye alamamıştı. Mehmet Cemil ne yapıp edip yine Sevinç hayranlığını, konuşmanın odağına yerleştirmişti. Daha ilk gördüğünde, Sevinç hakkında söylenecek bütün güzel sözlerin kendisi tarafından söyleneceğine yemin etmemiş miydi? Onunla ilgili hayranlık belirten, şiirli kelamlar edilmesini yasaklamıştı bir yandan da: O gerçek değil, ben anlatmıyorsam, bilmeyiverin siz de!

Mehmet Cemil O'nu, kitapçıda görmüştü ilk. Kasada duruyordu. Ciddi bir yüzü vardı, neredeyse asık suratlıydı. Müşterilerle konuşmuyordu, biri soru sorduğunda başını aşağı yukarı sallıyordu ya da sağa sola – bazı tek heceli ünlemler vardı bir de. Kendisine uzatılan kitap ya da CD'yi alıyor, bir torbanın içine koyup kasadan fiş kesiyor, parayı alıp sonrakine geçiyordu. Bu haliyle O'nu, sıradan ya da normal gibi kavramlarla tanımlamak imkânsızdı. Sıradan değildi, bu duygusuz monotonluk neyse ki henüz sıradan kabul edilemezdi. Normal, tartışmaya açık bir nitelemeydi ama onun bu halini olsa olsa acıma duygusuyla normal bulabilirdik. Normal, zira bütün gün aynı işi yapıyor. Normal, zira üretmiyor. Normal, zira hür değil. Sıradan ve normal, kaygılı bir insan için hakaret kabul edilecek kavramlarken, kasasını denkleştirmekten fazlasını yapamayan Sevinç'in durumunda neredeyse özlem duyulacak, geri çağrılacak nitelemelere dönüşüyordu. Mehmet Cemil onu kasasının başında işini yaparken her gördüğünde – ki bu belki iki hafta boyunca her gün demek oluyor– başka herhangi bir özelliği ile değil de sırf bu hücre hapsine benzer zapt edilmişliği ile ilgilenmişti. Bir akşamüzeri kitapçıya uğramıştı yine. Bu, Sevinç'i gözlediği ikinci haftanın sonuna denk geliyordu. Sesini duymayı kafasına koymuştu. Kasanın yakınlarında uzunca bir süre oyalandı. Dergi karıştıran, birbirlerine şiir okuyanlar; hevesle kitap alanlar; içerde çalan müziğe kulak kabartan, DVD kapaklarını inceleyenler; kalabalıkta birbirine karışan yüzler, bedenler ve sesler içinde Sevinç'in yüzünü bir an için yitirmeden, onun ağzından çıkabilecek bir ses kırıntısı için, onunla kulağı arasında görünmez bir kanalı sürekli açık tutarak sabırla beklemişti. Nafile! Sevinç tek kelime bile etmemişti. En sonunda, iş başa düştü diye düşünerek, sırf bir cevap almak, sesini duymak için, Mayk Hammer çevirilerini anımsayarak şöyle demişti,

"Kemal Tahir'in yaptığına intihal denemez, değil mi?"

Koyu kahve gözleri merakla açılmıştı. Küçük burnunun kanatları öfkeli çocuklar gibi... Can çekişen tek bir sözcük, güç bela işitilmişti. Solunum yolu enfeksiyonu, Sevinç'in ses tellerini ele geçirmişti. Bu nedenle sesi kısık çıkıyordu. İki haftadır ağzını her açtığında, görmüş geçirmiş ablaların tütünle terbiye edilmiş boğuk konuşmalarını taklit ediyordu sanki. Olabildiğince konuşmamaya çalışıyordu. Mehmet Cemil'in durup dururken sorduğu soruyu anlamak bir yana, aslında onu hiç duymamıştı bile. Kendisine bakan bu adamın kıpırdayan dudaklarından bir şeyler söylediği belliydi ama içerdeki gürültüden hiçbir şey anlayamamıştı. Kendisine ait olmayan o tütün sesiyle,

"Efendim?" deyivermişti bu nedenle.

Doğrusu bu ses Mehmet Cemil'i hayal kırıklığına uğratmıştı.

"Kemal Tahir'in Derini Yüzeceğim geldi mi, Mayk Hammer macerası, onu soruyordum."

Sevinç sağ eliyle boğazını tuttu. Gözleri kısıldı. Acıyla yutkundu. Elini boğazından çekmeksizin başını iki yana salladı ve bir sis bulutunun arkasından, harfleri birbirine tutunarak güçlükle ilerleyen ağrılı bir,

"Hayır," çıkageldi.

Mehmet Cemil, Sevinç'e, âşık değilse de, hayran olduğunu söylediğinde, Asi, pencere önündeki sıklamene haftalık suyunu veriyordu. İşini bitirip Mehmet Cemil'in önüne geldi, elini eline aldı ve alayla karışık,

"İşte buna sevindim küçüğüm," dedi, "güzel. Çünkü aşk kentlinin duygusu değildir." Ellerini bıraktı, kendisini evin en rahat koltuğuna teslim ederken, "Bu onun değersiz olduğunu göstermez tabii," diye de ekledi.

Kuşkusuz diğerleri de, Âşık ve Üzgün de yadırgamıştı bu sözleri ama Mehmet Cemil büsbütün şoke olmuştu.

"Ben âşık olamaz mıyım yani ya da sen?"

"Öyle demedim. Kentli için – bu arada kentli derken, bunu öğrenen insanlardan söz etmiyorum. Diğer tüm biçimleri kendisiyle karşıtlığı içinde tecrübe etmiş olanlardan bahsediyorum – işte onlar için, birçok duyguyla beraber 'aşk' da dışsaldır. Onun hayatında keşfedilmemiştir," diye sürdürdü önermesini Asi!

Mehmet Cemil durdu. Sonra,

"Ölü bir tez bu, gerçekliği reddediyorsun!" dedi.

"Hayır, hiç de değil," diye ısrar etti Asi, "Böyle bu. Gerçeklik, dediğin gibi olsun, hepimiz âşık olalım, âşık olmayı sevelim, aşkı yüceltelim, bunu tartışmayacağım. Fakat bu duygu, analiz edilemez bir yerde duruyor, görmemiz gerekir. Fena halde baskın bir histen, kendiliğinden bir duyuştan söz ediyoruz burada."

Üzgün, itiraz belirtmeyen, daha ziyade kırgın bir tonla,

"Duyguya yer yok mu, kentlinin hayatında?" diye sordu.

Bu kez Asi'ye fırsat vermeden Âşık atıldı,

"Galiba! Kentli, hayatından duyguyu kovmuş görünüyor. Aşk, sevgiliyi ruhsal, içsel hatta fiziksel açıdan sınamıyor artık. Daha ziyade tarafların keselerini ve alçalabilme kapasitelerini zorluyor."

"Dahası var," dedi Asi, "aşk anlatılarının tamamı kent yaşamının dışından geliyor. Çok açık bir şekilde yer değiştirmiştir: aşkın boyutu elmas piyasasında hesaplanabilir olmuştur artık – kendini çöllere vuran enayidir! Nelerden vazgeçtiğin arabesk bir veri sayılıyor bugün. Asıl yanıtlaman istenen vazgeçtiklerin değil, neler verebildiğin."

Bu akılcı çıkarımların tek kelimesini bile dikkate almayan Mehmet Cemil, aşkın –bu, damıtılmış kalp çarpıntısının- neredeyse bir alışveriş listesine, eşyaların değiş tokuş edildiği bir çarşıya benzetildiği bu yavan tartışmayı bitirmek için biraz da, "Bundan böyle" demişti ferman okur gibi buyurgan bir sesle, "ikinci bir emre kadar Sevinç hakkında hayranlık nidaları atılmasını, övgü sözcükleri fısıldanmasını, ulu orta şiirler okunmasını, hele erotik yakıştırmalar yapılmasını yasaklıyorum. Bu alan büyük bir hassasiyetle tarafımdan doldurulacaktır, böyle biline!"

Yine de son sözü, kadim sırlara bekçilik eden faniler gibi iç geçirip, perdenin deseninde resim arayan gözlerini kısarak Asi söylemişti,

"Kum fırtınalarında canını yitireceksin çocuk!"

Aylar geçmişti ama Mehmet Cemil'in Sevinç'e olan hayranlığı dinmemişti. Kızın haberi bile yoktu bundan. Yine de orada biri, Mehmet Cemil, yaptığı yahut yapmak üzere olduğu her hareketi, Sevinç'in onaylayıp onaylamayacağını düşünerek, tartıyordu. Sevinç bunu yaptığımı bilse incinirdi, – duysa yüzüme bakmazdı, –görse gurur duyardı, –o da gülerdi, -ne düşünürdü... Aslında onun ne düşündüğünü, neye nasıl tepki verdiğini, değer yargılarını filan bilmiyordu Mehmet Cemil. Kendi açmazlarından yarattığı bir hayaleti Sevinç'e giydirmiş, bu buyurgan ahlakçı için Sevinç'in masum bedenini iğfal etmişti. Belli ki günü geldiğinde bir meyhanede kafayı çekerken bütün pişmanlıklarından Sevinç'i sorumlu tutacaktı.

Onun bu halinin herkes kadar farkındaydı Üzgün. Bu yüzden, içinden 'Sevinç' geçen cümleler işitmek istemiyordu. İstanbul üzerine gevezelik ederken lafa bir kez daha 'Sevinç' karışınca Üzgün kalkıp gitti. Hemen çıkması gerekiyordu –buna benzer bir yalan söyledi.

Neden sonra Mehmet Cemil, öldürülen müteahhit Servet Sönmez'in cep telefonundan son aranan ve 'kameriye,' şeklinde kaydedilen numarayı araması gerektiğini anımsadı. Cep telefonunu eline aldı, numarayı tuşlarken boğazını temizledi, yüzüne bir tebessüm yerleştirdi. Telefon uzun uzun çaldı. Nihayet açıldığında, Mehmet Cemil karşıdakini yakalamak ister gibi hemen,

"İyi günler," deyip sustu.

Karşı taraf konuşmuyordu. Mehmet Cemil biraz bekledi,

"İyi günler," dedi tekrar, "e, kameriye mi?"

Telefonu açan konuşmak istemiyordu belli ki. Mehmet Cemil,

"Alo?" dedi yine, "Kameriye?"

"Kimsiniz?"

Nihayet bir cevap alabilmişti. Bir kadın sesiydi. Sesinde belli belirsiz bir korku seziliyordu. Yanıtlamakta tereddüt etmişti, çekindiği bir şey olmalıydı.

"Kameriye'yi aramıştım," dedi Mehmet Cemil yeniden. Kadın,

"Kimsiniz?" diye yineledi sorusunu. Mehmet Cemil soğukkanlılığını yitirmek üzereydi,

"Adım Mehmet Cemil..." dedi. Kadın lafının devamını getirmesine fırsat vermeden kestirip attı,

"Yanlış numara!"

Telefon kapandı. Mehmet Cemil elindeki telefona bakakaldı. Bir yanıyla hoşuna gitmişti bu durum. Kadının gizemli sesi, çekingen konuşması, önce kim olduğunu sorup, cevabını alınca da yanlış numara olduğunu söylemesi doğru iz üzerinde olduğunu gösteriyordu. Bir kez daha aramaya karar verdi, bir oyun oynayacaktı. Telefon birkaç kez çaldı. Kadın telefonu açtı. Mehmet Cemil yeniden kapatmasına fırsat vermeden,

"Numarayı Servet Sönmez'den aldım," dedi. Kadın sessiz, bekledi bir süre. Ardından,

"Ne istiyorsunuz?" diye sordu. Mehmet Cemil bir adım daha ileri götürmek için cesaretini topladı,

"Uğramak istiyorum, adresi verebilir misiniz?" diye cevapladı kadını.

Kadın kapatmadan önce –site girişinde isim vermenin mecbur olması nedeniyle- adını da söyledi. Alelade bir addı ama Mehmet Cemil'in yüreğine iniyordu neredeyse,

"Adım Tatyana, bu arada," demişti.

Bu düpedüz Rus adıydı. Türkçesindeki aksan dikkatini çekmişti gerçi, ama kadının yabancı olabileceği hiç aklına gelmemişti. Aksanlı ama kusursuz bir Türkçe ile konuşuyordu kadın. Demek Kameriye, kod ad gibi bir şeydi... gizli isimle telefonlara kaydedilen, Tatyana adlı bir Rus kadını... Hay Allah, Kameriye dedikleri...

Mehmet Cemil ne yapacağını şaşırdı. Randevu almıştı ama anladığı kadarıyla ona randevu veren kadın bir fahişeydi. Yani hayat kadını işte, ya da daha nazik nasıl söylenebilirse... Bir yandan gözü parlıyordu ya, kadının birden bire beliren kimliği, benliğindeki yanık izlerini sızlatıp, mesleki sorumluluklarını unutmasına sebep olabilirdi.

Yeni bisikletini denemek için yanıp tutuşan çocuklara benziyordu. Vakit kaybetmeden bir taksiye atladı, 'ne tarafa' diye soran şoföre, Tatyana'nın adresini, az sayıda insanın paylaştığı bir parolaymışçasına tek düze bir sesle bir solukta söyledi.

11

Kameriye'nin 'işini' öğrendiği anda huzuru kaçmıştı Mehmet Cemil'in. Kapıyı açacak şuh sesli kadının, Rusya'dan Türkiye'ye para kazanmak için gelmiş bir hayat kadını olduğunu biliyordu artık. Tamam, her olasılığı değerlendirmesi gerekiyordu ama kadınla randevusu bir kod ad üzerinden gerçekleşmişti. Kadın büyük ihtimalle cinayetten habersizdi ve Mehmet Cemil'i de avukat olarak değil, alelade bir müşteri olarak kabul etmişti. Karşılaşır karşılaşmaz kimliğini açıklasın mı açıklamasın mı bilemiyordu. Kadının ağzını arayıp, makul bir bahane ile çıkıp gidebilirdi. Ya da dürüstçe kendisini tanıtır, kadın konuşmak isterse sorularını sorar, konuşmazsa da derhal evi terk ederdi. Emniyet ve savcılıkta yabancı uyruklu kadınların ifadelerinde bulunmuştu ama durum şimdi farklıydı. Burası emniyet müdürlüğünün görüşme odası değildi. Kendisi de ölmüş birinin adını kullanarak kadına ulaşmış bir müşteriydi. Mantıklı düşünemiyor, yol boyu içine gömüldüğü kararsızlıktan ne yapsa kurtulamıyordu. Bir anlığına, zihninden bunun sürpriz zevkler için ayarlanmış bir randevu olabileceği fikri geçmişti. Onu boğan da buydu işte, kendisini her defasında yeniden, bir fahişeyle değil, bir cinayet zanlısıyla görüşeceğine ikna etmesi gerekiyordu.

Önünde durduğu bina on beş katlı filandı herhalde. Bir hayli lüks görünüyordu. Kapıdaki güvenliğe kimliğini bıraktı içeri girdi. Asansörde saçlarına baktı, zaten düzgündü ama biraz daha uğraştı. Vücudundaki soyulma yavaşlamıştı, rahatsız etmiyordu. Burnunu kontrol etti. Üstünü başını düzeltti. Gırtlağını temizledi, aynaya bakarak konuşma provası bile yaptı, "Merhaba, ben Mehmet Cemil. Merhaba, nasılsınız, ben Mehmet Cemil. Merhaba, ben Mehmet, Mehmet Cemil, telefonda konuşmuştuk." Kadının dairesinin önünde durdu. Hiç düşünmeden zili çaldı, daha fazla kafa yormak istemiyordu. Tatyana'nın kapıyı açması biraz zaman aldı. O kısa sürede Mehmet Cemil zihninin karmaşasından yere yığılmak üzereydi. Düşünmüyor, görüşmenin stresinden uzak durmak istiyordu ama her şey çoktan kategorize edilmişti zihninde: randevu, randevuevi, fahişe gibi sözcüklerle düşünmeye başlamıştı bir kere, kendisini artık bu aşağılama dolu gösteriden, dahası bu gösterinin gurursuz soytarısı olmaktan istese de kurtaramayacaktı. Derken kapı aralandı ve Tatyana göründü.

Sıfır yaka beyaz bir tişört ve sağ arka cebinin üzerinde parlak sarı yıldızlar bulunan bir kot pantolon giymişti. Sol elinde büyükçe bir servis çatalı tutuyordu. Candan bir dostuna seslenir gibi,

"Gelsene," dedi Mehmet Cemil'e sorunsuz Türkçesiyle, "Ben de atıştırmak için bir şeyler hazırlıyordum."

Mehmet Cemil kadının bu teklifsiz haline şaşırmıştı. İçeri girmekte tereddüt etti. Bir adım attıktan sonra durdu,

"Tatyana değil mi?" diye sordu.

"*Da da.* Gelin hadi, tanışmak için bolca vaktimiz olacak," diye yanıtladı Tatyana onu, bu sırada mutfağa geçmişti. Mehmet Cemil girdi, ayakkabılarını içeride çıkardı. Ama sonra ne yapacağını bilemedi. Hiçbir yerde ayakkabı görünmediği gibi, koridorun öte tarafındaki mutfakta seçebildiği kadarıyla Tatyana'nın ayakkabıları ayaklarındaydı. Sıkıldı, bir süre kararsızlık içinde dikildi, sonra da çıkardığı yerde ayakkabılarını kaderlerine terk etmenin tek çıkar yol olduğuna karar verdi.

Salon bir hayli küçüktü. Ama artık eşyaların zarifliğinden mi bilinmez hiç de boğucu görünmedi Mehmet Cemil'in gözüne. Oysa bayağı eşyalarla döşenmiş çirkin bir yer bekliyordu. Yerde ahşap bir müzik seti vardı, enstrümantal müzikler çalıyordu. Kapının yanından başlayan kitaplıkta kitap yoktu doğru düzgün, daha ziyade ansiklopedilerle doldurulmuştu. Pek de kaliteli görünmeyen birkaç biblo, kokulu mumlar, vanilya kokulu bir tütsü kabı- içi dolu görünüyor- çok sayıda CD. Kitap dışında her şey işte. Turuncu ve yeşil bir Hint kilimi seriliydi, geometrik şekillerle birbirine karışmıştı renkler, iyiydi. Duvarda, Chagall'ın birçok yerde rastlanılan, bildik bir tablosunun reprodüksiyonu asılıydı. Beklemediği kadar sıra dışıydı manzara. Rus fahişelerin birçoğunun üniversite mezunu, meslek sahibi olduğuna dair çokça hikâye dinlemişti ama bir öğrenci eviyle karşılaşacağını tahmin etmiyordu buraya gelirken. Kavramlarla düşünmeyi sevmezdi, yine de bir fahişeyle randevusu olan kişi, havalanmış gelinler, tepetaklak olmuş öküz başları bulunan bir resim görmek istemezdi duvara baktığında. İlla bir resim asılacaksa onun da tahrik edici olması beklenirdi hatta.

Salonun bu hali Mehmet Cemil'e memnuniyetle birlikte rahatlama da getirmişti. Pencere kenarında eski bir sallanan sandalye vardı. Bayağı rahat görünüyordu. Gitti, düşmekten korkuyormuş gibi dikkatle oturdu. Kendisini o belli belirsiz salınıma bıraktı. Yoğun iş temposunun ortasında sanki mola vermeye, dinlenmeye gelmiş gibi gözleri kapalı gevşemişken, elinde küçük salata tabakları, Tatyana girdi içeri. İki tabaktan birini Mehmet Cemil'e uzattı.

"Kaç yaşındasın?" diye sordu Tatyana ilk çatalı ağzına götürürken. Mehmet Cemil bunu beklemiyordu. Küçük mü görünmüştü gözüne? Ya da ne fark ederdi ki yaşı, müşterilerinin kaydını mı tutuyordu bu kadın! Cevap vermek istemiyordu. Ama susmak da garip olacaktı. Niçin sorgulanıyormuş gibi hissettiğini anlayamıyordu, belli ki gerilimi bastırmaya çalışıyordu kadın, rasgele bir şey sormuştu.

"Sanırım senden küçüğüm," dedi. Bunu söylerken salatasıyla oynuyordu.

Tatyana Mehmet Cemil'e bakmadan tebessüm etti. Kadının alay ve takdir dolu gülüşü Mehmet Cemil'in gözünden kaçmıştı. Oyunbaz bir cevaptı ya, bu yüzden takdirini almıştı onun. Büyük gösterdiğini ima etmesiyse düpedüz kabalıktı, dudaklarından taşan o küçümser kıvrımların sebebi de buydu.

Mehmet Cemil salata tabağını, salatanın tadına bile bakmadan sehpanın üzerine bıraktı. Yeterince gergindi, daha fazlasına ihtiyacı yoktu, güç bela,

"Evin çok güzel, eşyalar filan..." deyiverdi yutkunarak.

"Teşekkürler, herkes beğenmiyor ama..." diye yanıtladı Tatyana.

Mehmet Cemil ayağa kalktı. Duvardaki tablonun önüne gitti. Biraz baktıktan sonra kafasını iki yana sallayarak gülümsedi. Pencereden bakarken,

"Bence güzel, gerçek bir ev," dedi.

"Öyle zaten. Benim evim burası, burada yaşıyorum," dedi ona Tatyana. Mehmet Cemil kitaplıktaki müzik CD'lerini incelemeye başladı. Tatyana,

"Kimleri dinlersin?" diye sordu, CD'lerle ilgilendiğini görünce.

Mehmet Cemil şaşkınlık içinde Tatyana'nın yüzüne baktı. Kendisine para karşılığı yatmak için randevu veren kadın, saçları arkadan özensizce toplanmış, elinde salata tabağıyla karşısında oturan bu makyajsız kadın mıydı gerçekten? Yaşını sormuştu, şimdi de hangi şarkıları sevdiğini öğrenmek istiyordu. CD'leri yerine bıraktı, koltuğa oturdu, yüzünü ellerinin arasına alıp parmaklarıyla gözlerinin üzerine bastırdı. Ellerini çekip gözlerini açtığında önünde yıldızlar uçuşuyordu. Büsbütün yok olana dek yıldızları takip etti. Parlayıp söndüler, gözünün önünde değil de kafasının içindeydiler sanki. Bir anlık sarhoşluk verdiler, ayıldığında,

"E, türkü filan, nadiren yabancı müzik dinlerim... Niye sordun? Yani benim kimleri dinlediğimi ne yapacaksın ki? Çünkü..." diye kendini kaptırmış gidiyordu Mehmet Cemil ama Tatyana lafını kesti,

"Çünkü... Çünkü birazdan altına yatacağıma, kendimi sana becerteceğime göre niçin burada oturmuş sohbet ediyorum, niçin seni tanımaya çalışıyorum, niçin salata hazırlıyorum merak ediyorsun değil mi?"

Kadının sözleri tatmin edici değildi, Mehmet Cemil yanıt bekliyordu. Tatyana biraz ara verip, salatasının kalanını bitirdikten sonra devam etti,

"Çünkü ben işimi böyle yapıyorum ufaklık. Benim için..." Yine sustu, omuzlarını yukarı doğru kaldırıp şirin bir gülümsemeyle baktı Mehmet Cemil'e. sonra da Rusça,

"Çünkü gerçek hayat diğer her şeyden daha tahrik edicidir," dedi sadece.

Mehmet Cemil anlamadığını belirtir şekilde kafasını salladı. Tatyana sözlerini açıkladı,

"Burada, evimde, salonumda, mutfağımda, yatak odamda bir porno filmden fırlamış eşyalar bulamazsın. Burası bir ev. Tıpkı seninki gibi ya da gelen diğer müşterilerinki gibi. Yalan söylemiyorum, yapay bir gösteri sunmuyorum. O filmler, hayatlarında zevki yitirmişlerin sığınağıdır. Ben onlara hayatın içinde, gerçek bir zevk sunuyorum. Hepsi de heyecan içinde terk ediyorlar burayı, şaşkınlık içinde. Hem gerçek, hem zevkli! Buna inanamıyorlar. Ama işte böyle, gerçek, sırası geldiğinde jartiyerden daha tahrik edici olabiliyor."

"Yani bunların hepsi, kitaplık, sallanan sandalye, resim, salata filan, önceden tasarlanmış şeyler mi? Gerçek gibi görünmesi için mi böyle davranıyorsun? Saçlarını özensiz toplayışın bilinçli ve aç olmadığın halde salata yiyorsun öyle mi? Bunun nesi gerçek o halde? Kaldı ki, kaçıp gelen o insanlar, evlerinin bir benzerini de burada bulmaktan niye hoşlansınlar ki? Onların gerçek hayat yerine gerçek bir fahişe istediklerine eminim," diye üstüne gitti Mehmet Cemil Tatyana'nın. Aslında kadının zekâ dolu sözleri hoşuna gitmişti. Tatyana eliyle Mehmet Cemil'in tabağını işaret ederek,

"Salatanı yemiyor musun?" diye sordu.

"Hayır," diye yanıtladı onu Mehmet Cemil. Kadın ayağa kalktı, her iki tabağı da alıp mutfağa doğru gitti. Mehmet Cemil sorusuna yanıt bekliyordu hâlâ. Tatyana içeriden seslendi,

"Ne içmek istersin?"

Mehmet Cemil bir an önce yanıtlamak zorundaymış gibi aklına ilk gelen cevabı verdi,

"Çay olabilir."

Tatyana geri geldiğinde elinde birkaç farklı renkte prezervatif tutuyordu. Bunları Mehmet Cemil'in önündeki sehpanın üzerine fırlattı. Kısa süreli bir sessizlik yaşandı. Sonrasında,

"Demek gerçeğin peşindesin dedektif, söyle o zaman, gerçeği arayan biri, gerçekliğin neresindedir? Beyhude! Gerçek aradığı şeyse, ne o, ne de onun arayışı gerçek olabilir. Tek gerçeğimiz sonsuz bir sorgulayışsa şayet, bu kez de gerçek diye bir şey yok demektir. Sen beni becermek istiyorsun, bense senin sevdiğin şarkıları öğrenmek istiyorum. Ne o, yoksa bir şişme kadın mı bekliyordun? Gerçeği oynayamam, ama oynadığım şey gerçek, bundan emin olabilirsin!" dedi Tatyana, sözcüklerini bir öğretmen gibi itinayla seçtiği belli oluyordu bu sefer. Oyuna katılmayıp, kurallarını sorgulayan bu çocuktan hoşlanmıştı.

Diğer taraftan, Tatyana'nın nasıl olup da böyle felsefi ikilemler kurabildiğini anlayamayan Mehmet Cemil'se şaşkındı. Ama asıl sorun bu değildi şimdi,

"Gerçeği aradığımı söylemedim, bu çok abartılı olur. Fakat yapaylığın farkına varmak midemi bulandırıyor benim. Seksi kışkırtan o oyuncaklar, gerçek değiller belki. Hiçbir şey gerçek olmayabilir, bunu iddia etmedikleri sürece bu beni rahatsız da etmez," diye bir şeyler geveledi ağzının içinde. Doğrusu, her geçen saniye kadının müthiş cazibesi altında eziliyordu.

"O halde" diye, az önceki ciddi tavrını koruyarak sürdürdü sözlerini Tatyana, "o halde senin bütün derdin, annelerin, babaların ve çocukların mutlu mesut yaşaması, öyle mi? Duvarlarında ata resimleri ve kutsal simgeler asılı evleri onların! Kelimelerden çekinilir, gözlerin birbirini bulmasından korkulur orada. Muhafazakâr, çelikten bir zırhla korumaya alınmış, saygın ev ve aile hayatı. Derken sevişmeyi su içmekten daha ayıp, daha mahrem saymayan, kirli kelimeleri seven, kem göze sürme olmuş sevgi kelimelerindense iğrenen bir fahişe, bu ölüm sözleşmesinin en güzel yerinde ortaya çıkar, destursuz filan, başlarda akıl koymaz, bu mudur bütün korkun?"

Bu kadarı da fazlaydı Mehmet Cemil için,

"Ne yaptığını sanıyorsun?" diye çıkıştı Tatyana'ya, "ne yani, para karşılığı erkeklerle birlikte mi oluyorsun, yoksa cinsel isyan mı örgütlüyorsun? Yaptığın işin, o tiksintiyle sözünü ettiğin muhafazakârlığa hizmet ettiğinin farkında değil misin yoksa? O babalar geliyor seni becermeye, o anaların oğulları geliyor. Ne sen bu döngüyü yıkıma uğratacak bir devrimcisin ne de onlar senin sandığın kadar tutucular. Hüküm süren tek şey leş kokulu bir riyakârlık. En ak pak sandıkların da dâhil herkes bu lağım kokusunu ciğerlerine doldurup gül bahçesinde gezindiğini söylüyor birbirine."

"Anlaştık o zaman," dedi Tatyana, ayağa kalkarken prezervatifleri gösterip, "sen beğendiğin bir tane seçerken ben çayımızı demleyeyim."

Tatyana gittikten sonra Mehmet Cemil kafasını koltuğa yasladı, gözlerini yumdu. Kadının söylediği birkaç cümle doğru bildiği her şeyi yerinden oynatmıştı sanki. Hani zaten hiçbir konuda kesin ve değişmez yargıları yoktu. Fakat Tatyana'yla konuşurken, kendisinin de ayrı yer ve ayrı zamanları olduğunu düşündüğü aile, sorumluluklar, aşk ve cinselliğin ya aynı tekdüzeliği ya da aynı sıra dışılığı paylaşmak zorunda olduğunu, diğer türlüsünün bizi yalancıların pespaye yalanlarıyla kurduğu çekilmez bir dünyada yaşamak zorunda bırakacağını fark etmişti.

Tam bu sırada içeriden Tatyana seslendi,

"Mutfağa gelsene, çayımızı burada içelim."

Mehmet Cemil eve girdiğinden beri belki de ilk kez sesli bir şekilde güldü. Sinirleri boşalmıştı. Kalktı, salonun kapısına kadar gitti, durdu. Mutfakta ocağın başında, sırtı kendisine dönük, demliğe çay koyan Tatyana'yı bir süre izledi. Mutfağın girişinde kapı boşluğunu boydan boya kaplayan boncuklardan asılıydı. Gülkurusu, açık yeşil boncukların arkasında Tatyana tam da az önce izah ettiği gibi öyle sıradan görünüyordu ki, Mehmet Cemil o anda bunun gerçekten de tahrik edici olduğunu kavradı. Her haliyle ezbere bildiği bu tipte baştan çıkarıcı olan şey ona o anda sahip olabilme özgürlüğünün ta kendisiydi. Ve biliyordu ki bu kadın, o ne isterse karşılığını zevkle vermek için hazırdı. Bir erkek için asıl bu, o sınırlı hayal gücüyle yaratılmış oyunların, oyuncakların aksine asıl bu, seçenekleri sınırsız, gerçek, gündelik hayat tahrik ediciydi. Bu bir kaçma değildi, kendine vakit ayırma değildi, hayata haricen katılmış zevk hiç değildi. Zevk dediğimiz şeye hayatı katmaktı bu. Fantezi aşkına icat edilmiş iç çamaşırlarını, gülünç aksesuarları, bir arayıştan ziyade bir kayboluşa tekabül eden oyunları değil, doğrudan ve bütün sıradanlığıyla hayatı! Canlı tanığıydı Mehmet Cemil bunun. Koridorun bu ucunda, salon kapısında dikilmiş, çaydanlıkla işi uzadıkça uzayan Tatyana'yı izlerken hayatında belki de ilk kez bu kadar şiddetle tahrik olmuştu. Dolu bir kaşık baldı sanki yutkunduğu, ağzı vahşi bir hazla tatlanmıştı. Kendisini tanıyamıyordu. Duyumsadıkları, birazdan kanına gireceği avını, atılmadan az önce ürküntüyle süzen bir katile ait hislerdi. Tatyana'nın ağzını eliyle sımsıkı kapatıp, ensesini var gücüyle, lezzetli bir lokma kopartırcasına ısırmak, fışkıran kanının tadına bakmak istiyordu: Öyle ki bağıramayan kadının gözünden akıp dökülen acı yaşlar parmaklarını ıslatsın! Diğer elini kadının söğüt yaprağını andıran beline geçirmek, kasılmış karnını, bacaklarının arasında zincire vurulmuş bir akıl hastası gibi devinen cinsel organını avuçlayıp, kadınlığının bütün kıvrımlarında kanla kızarmış, zevkle kararmış her girintisinde, köpük köpük kana, tere ve salyaya bulanmış azgın bir kurt gibi uluyarak hırıltılar ve böğürtüler içinde o ölümcül hazza milim milim tırmanmak istiyordu. Mehmet Cemil'in göz kapakları seğirmeye, başı dönmeye başlamıştı. Kendini yitirdiği bu kısa sürede bir gökdelenden itilmişçesine midesi bulanmıştı. Mehmet Cemil'in ruhunda açtığı gediğin farkındaymış da iyileştirmek için değil, acıtmak için adeta, Tatyana birden ona dönmüş ve şöyle demişti,

"Çayına süt de alır mısın?"

Tavanda ilerleyen kırmızı sürüngenler görür gibi oldu o an. Her yer yangın alevleriyle sarılmış, eşyalar yanmış, duvar soyulmuştu. İzler silinip, kokular tükenince cinler de kaçıştılar. Tatyana buyuruyordu, çay, süt, tavandaki sivri kulaklı sürüngenlerden biri vücudundan daha uzun dilini aşağıya sarkıtıyordu. Bu dil Mehmet Cemil'e değiyordu. Sıcak, kıvamlı, şahane bir dil. Rengi pembe ile beyaz, üzerinde pırlanta ışıltıları var, vaatkâr! Kısa zevklerin bir ömür sürmesi vaadinde bulunuyor, denemeye değer, her seferinde kanmaya değer bu dilin vaatlerine. Mehmet Cemil yüzünü yalayan bu dile inanıyor. Çok sürmüyor ne yazık ki, çayına süt alıp almayacağını soran siren sesi, bütün tecrübelerinin başındaki bu hevesli öğrenciye fazla geliyor. Bir eliyle duvara tutunuyor diğeriyle midesini tutuyor. Başarısız olma korkusu, başarılı olmasını engelliyor.

Mehmet Cemil, kendisiyken ötekinden, olgunlaşmamış idealizminin aşırılığıyla, 'atık' diye söz ederdi, 'her nasılsa soluduğun hava seni de canlı tutuyor. Bir elinde asit var, diğeri barut kokuyor. Yıkmak için saldırıyorsun. Yeni bir ahlak için hiçbir çaba harcamıyorsun ama. Toplumla çatışıyorsun sözüm ona, onu bu denli çekilmez kılan her düsturun bir parçasısın oysa, bunu göremiyorsun. Bir tecavüzcüden farkın yok, zevk alıyor zevk veriyorsun sana kalsa, oysa verdiğin zehir, aldığın lanet. Kirsin sen, bir insana verebileceğin tek şey iç sıkıntısı olur.' Ötekileştiği cüretkâr anlardaysa, sırasının gelmesini beklemiş gibi kendisine var gücüyle saldırıyordu, 'ya sen nesin?' diye soruyordu, 'sen bu toplumun riyakârca ve hep bir ağızdan seslendirdiği bir yalansın. İnanmadığın hayatına sırf rahat bir uyku daha çekebilmek için katlanırsın. İki kez üst üste hayır bile diyemezsin ama kendi hayatını kangrene çevirdiğini es geçersin. Yanındakiler, elini tutanlar, arayıp soranlar, vakit geçirdiklerin, sorgulama gereği bile duymadan sevdiklerin seni bir ruh hastasına çevirdiler. Borçluymuşsun gibi bir de, şükranla eğil karşılarında! Her saniyeni yitmek hayalleri ile tarumar eder yine de olduğun yeri, dokunduğun insanları çok severmişsin gibi uzun vadeli planlar yaparsın. Evet, dediğin gibi, ben atığım. Senin atığın. Evet! Evet ben kirim, senin kokuşmuş kirin!'

Bir o tarafa geçip barbarlar gibi hunharca kendi üstüne çullanır, bir bu tarafta kalıp zihninin bu denetimsiz köşesine acımasızca ilenirdi Mehmet Cemil. Tatyana'yı orada, ocağın başında, bir gökkuşağını andıran boncukların arasında, ev kadını olmayı seçmiş bir zevk meleği gibi, bir lokum damlası gibi gördüğünde, taşıdığı anlamı hâlâ tam olarak kavrayamadığı içsel çığlıkları dingin kişiliğine baskın çıkmış, kendini bir anda çamurun, küfün, bokun içinde zevk hayalleri kurarken buluvermişti. Kiminle paylaşabileceğini bilmediği, bir yasaya, ataların huzurunda verilmiş bir sadakat andına karşı gelmişçesine gizli, kirli bir zevk duyduğu bu hal, onu zaman zaman bir hastaya çeviriyordu. Kahkahalar içinde cinayet işleyebilirmiş gibi hissediyordu o zaman. Huzurla dizginlenmiş tüm konutları zevkle ateşe verebilir, seks ve nezaket kavramlarını birbirinden mümkün olabilen en uzak diyarlara gönderip, önüne çıkan her dişiyle ölürcesine çiftleşebilirmiş gibi hissediyordu. Ne, 'birlikte değiştirebiliriz' diyen romantik gençler, ne onların yüzüne lanetli bir cehennem yaratığıymış gibi bakan ve kendileri de başka bir tahakkümün hayalini kuran budalalar, ne de 'hele bir mesleğini eline al da,' diye başlayan nutuklarıyla kafasının içine sıçan sistemin ahlaksız muhafızları dindirebiliyordu da bulantısını, sokaktaysa bir çöp bidonunun dibine kapanıp, evdeyse pencerenin altına yığılıp çaresiz hıçkırıklarla bayılana kadar ağlıyordu. Uyandığında, öğretmişti bunu kendine, baş ağrısının sebebini hatırlamıyor, içkiyi çok kaçırdığına yoruyordu. Nihayet bugün hemşiresi, bir kır çiçeği kadar zarif, sarı saçları, renkli gözleriyle tipik bir Rus kadını olan Tatyana'ydı da, Mehmet Cemil öfkeli suların kıyıya tükürdüğü kazazedeler gibi çarçabuk toparlayabildi kendini. Nedenini düşünmeden ayağa kalktı, niye geldiğini bile hatırlayamadığı bu hoş evin hoş kadınından özür diledi, yine görüşmek dileğini belirten bir şeyler söyleyip, sürüklenir gibi sağa sola çarparak...

...

Tatyana'nın kapısının önünde dikiliyordu. Zili bir kez çalmıştı. İkinci kez çalmadan önce içinden yirmiye kadar saydı. Üstelik hızlı bir şekilde, belki kimi sayıları yutarak çabucak buldu yirmiyi. Yine de bu kısacık sürede boynu, omuz başları, göğüs kıllarının dipleri, kuyruk sokumu, bacak arası damla damla terlemişti. Tabii, sıcaktan değildi bu su kaybı. Hiçbir şey düşünmüyordu, sayılara yoğunlaşmıştı. Bir, iki, üç, dört, çelik kapı, bordo, dokuz, on, kahverengi paspas, ince, zil, kedigözü, on üç, on dört, Tatyana, Rus, bordo, kırmızı, bordo bordo, çelik kapı, on sekiz, on dokuz... Zile bir kez daha bastı.

Tatyana kapıyı açtı. Üzerinde ucuz yollu bir tişört ve pazardan alınmış gibi duran rengi atmış bir kot pantolon vardı. Saçları kızıldı –Mehmet Cemil'i rahatlatan şey bu oldu. Sarışın, tipik bir Rus kadını bekliyordu ya, kızıl saçlar terinin kurumasına yetti. Kendisini içeri davet ettikten sonra aceleyle mutfağa koşuşturan Tatyana'ya, yüzünde sıcak bir gülümsemeyle bakmış, kapıyı kapatırken ayakkabılarını dışarıda bırakmıştı.

Tatyana, salona geçmesini söyledi Mehmet Cemil'e,

"Hemen geleceğim ben de!"

Salonda az eşya vardı. Dinlendirici, ferah bir hava hâkimdi içeriye. Kapının hemen yanında bir kitaplık vardı. Rusça olması muhtemel az sayıda kitap görülüyordu. Raflardan birine boydan boya ansiklopedi ciltleri dizilmişti. Süs eşyaları, biblolar, fotoğraflar, çok sayıda müzik CD'si ve bir müzik çalar. Kitaplığın önünde yüzü pencereye dönük bir sallanan sandalye duruyordu. Pencerenin karşısına denk gelen duvarda birkaç resim asılıydı. Galiba hepsi de Chagall'ın resimleriydi. Bütün bunlar şaşırtmıştı Mehmet Cemil'i ama yine de ondaki asıl duygu hoşnutluktu. Gitti, sallanan sandalyeye oturdu. Çok zevkliydi. Bir ayağıyla sandalyenin ritmini ayarlayarak pencerenin devinimine bıraktı kendini. Gözlerini yumsa masallar âlemine geçecekti de tam o sıra elinde salata tabaklarıyla Tatyana girdi içeri.

Mehmet Cemil güçlükle toparlandı. Kendisine uzatılan tabağı aldı. Güzel görünüyordu.

Tatyana çatalına aldığı küçücük lokmaları uzun uzun çiğnerken bir yandan da saklamaya gerek duymadan Mehmet Cemil'i süzüyordu. O kaçınılmaz soru, Mehmet Cemil salatasını bitirdiğinde geldi –bu sırada Tatyana'nın salatasının yarıdan fazlası hâlâ yerli yerindeydi.

"Servet Sönmez, bilmeniz gereken her şeyi söylemiştir umarım."

Mehmet Cemil o kadar rahatlamış, Tatyana'nın kızıl saçlarını gördüğünden beri kendi kendine yarattığı o cehennem atmosferinden öyle büyük bir hızla uzaklaşmıştı ki, bu sözlerin üzerinde durmadı bile. Boş tabağı hemen önündeki sehpanın üzerine bırakırken,

"Servet Sönmez öldü," dedi adeta yalanarak. Zeytinyağı, ağzında harika bir tat bırakmıştı.

Tatyana ölüm haberini duyduğunda ağzındaki lokmayı çiğnemeyi bıraktı. Mehmet Cemil'in yüzüne dikkatle baktı. Bu bakışta üzüntü yoktu elbette. Haberin kendisi değil, Mehmet Cemil'in gayrimeşru varlığı ürkütmüştü onu. Numarasını ölü bir adamdan alamayacağına göre bu Mehmet Cemil denen herif kimin nesiydi! Neden Servet Sönmez'in adını vermişti, ne istiyordu kendisinden?

"Ama siz telefonda..." diye mırıldandı.

Mehmet Cemil, patavatsızlığının farkına varıp,

"Ah, özür dilerim böyle birden... Açıklayacağım, lütfen telaşlanmayın," diye atıldı. Aslında kadının telaşlandığı filan yoktu. Soğukkanlı bir şekilde kalktı, salata tabaklarını mutfağa götürdü. Geri döndüğünde ayakta dikilip asık bir suratla,

"Ne istiyorsunuz benden?" diye sordu. Mehmet Cemil de ayağa kalktı. Kadının karşısına geçti, yumuşak bir ses tonuyla gerçeği bir çırpıda söyleyiverdi,

"Bakın, ben avukatım. Servet Sönmez'in öldürülmesi olayını araştırıyorum..."

Tatyana anlatılanları gözünü bile kırpmadan dinledi. Ölen iki adamdan kendi numarasının çıktığını, numaranın Kameriye şeklinde kaydedilmiş olduğunu, Mehmet Cemil'in, müvekkili adına cinayet soruşturması yaptığını... Mehmet Cemil'in lafı bitince yerdeki büyük yastıklardan birinin üzerine oturdu. Başından geçenleri düşünüyor, olup biteni anlamlandırmaya çalışıyordu. Dudakları gerilip açılıyor, gözleri büyüyüp küçülüyordu. Mehmet Cemil sallanan sandalyesine geri döndü. Tatyana onun yüzüne bakmadan,

"Servet beyi benim öldürdüğümü mü söylüyorsunuz?" diye sordu.

"Elbette hayır, ben savcı değilim. Yalnızca özel olarak araştırma yapıyorum. Buraya geldiğimden polisin haberi yok. Kaldı ki sizi suçlamak niyetinde değilim. Hele burayı gördükten sonra."

Tatyana özellikle son cümleye takılmıştı.

"Burayı gördükten sonra mı? Ne varmış burada?"

Mehmet Cemil biraz da tereddütle,

"Yani burası sevimli bir yer. Yaptığınız işi de düşününce numaranızın Servet Sönmez'de ne aradığını anlamak zor değil," şeklinde manasız bir açıklama yaptı. Tatyana'nın yüzüne utangaç bir gülümsemeyle baktı,

"Böyle hoş bir ev beklemiyordum doğrusu, hoş ve gerçek," diye tamamladı sözlerini.

"Burası gerçek bir ev dedektif, ben burada yaşıyorum," dedi alıngan bir sesle Tatyana.

Mehmet Cemil müzik çalardan yükselen enstrümantal ezgiye kulak kabartarak,

"Rus ezgileri mi bunlar, çok güzelmiş," diye konuyu değiştirdi.

"Öyle."

"Genelde ne tür müzikler dinlersin?" Bunu sorarken kız arkadaşıyla ilk randevusundaki genç çocuklar gibi davrandığını farkında değildi Mehmet Cemil.

"Rus müzikleri, halk şarkıları dinliyorum en çok," diye yanıtladı onu Tatyana, "buraya müzik zevklerimi öğrenmek için gelmediğinize göre, esas sorulara geçsek iyi olur."

"Peki o zaman." Mehmet Cemil, kendine gelmişti. "Servet Sönmez'i ne zamandan beri tanıyorsunuz?"

"İki yıl oluyor."

"Ne vesileyle tanıştınız?"

"Sizinle nasıl tanıştıysak! Bir müşterimden telefonumu almış, aradı, evime geldi."

"İki yıldır düzenli olarak geliyor muydu?"

"Her hafta. Bazen haftada iki kez."

"Hım. Neler isterdi sizden? Yanlış anlamayın, adamın fantezileriyle ilgilenmiyorum. Size tuhaf gelen sıra dışı sözleri ya da davranışları oluyor muydu, onu soruyorum."

"Sıra dışı hiçbir talebi olmadı. Burası sıradan bir yer zaten. Bana bunun için gelirler. Kendileri hakkında hiçbir fikri olmayan yabancı bir kadını, sıradan bir evde, alelade bir anda becermek ister erkekler. Yataklarından kaçarlar, gün doğmadan geri dönmek zorunda oldukları hücrelerinden. Kadınlarının bacakları şimdi artık yürüme organıdır onların gözünde, dudakları gevezelikten başka iş görmez." Tatyana daha konuşacaktı sanki, fakat sustu. Bir ezberi yineler gibiydi, kızgın bir suratla ansızın, "Ne kadar ahmakça," dedi.

"Anladım. Peki, size, özel işlerinden bahseder miydi? İş hayatı, arkadaşları, ailesi. Korktuğu ya da sakladığı bir şey, biri. Hassasiyetle korunmuş bir sır. Böyle şeyler..."

Tatyana'nın ağzı aralandı. Dudakları ıslak, ağzının içi nemliydi. Bir ara genişçe açtı ağzını. Konuşacak oldu, devamı gelmedi. Dili, kıpır kıpır deniz yaratıklarını andırıyordu, pembe ve ıslaktı. Ağzının çeperlerinden sağlık fışkırıyordu. Dişleri sıralıydı. Yutkundu. Mehmet Cemil bir köle tüccarı gibi seyrediyordu kadını. Tatyana'nın tükürüğü boğazından kayıp geçerken, karnının altında bir sancı hissetti. Yer yastığının üzerinde, konuşmaktan vazgeçmiş, başını yere eğmiş dururken, Mehmet Cemil'in gözleri, onun dik ve küçük omuzlarına indi. Biçimli omuzlar, ince tişörtü bir askı gibi yukarı çekmiş, kadının olağanüstü düzgünlükteki göğüsleri bütün yuvarlaklığıyla ortaya çıkmıştı. Daha fazla bakmak istemiyordu. Başını çevirdi. Duvarda asılı resimlere göz gezdirirken sesli şekilde yutkundu. Bu ses, kadına bakarken yakalanmaktan daha rezildi ya, yine de yüzünde muzır bir tebessüm belirdi Mehmet Cemil'in. Gözleri tablolardaydı ama aklı Tatyana'nın vücudundaydı. Gözlerini bir anlığına onun çıplak ayak bileklerine doğru eğdi, sonra çabucak çekti. Kemikli bilekleri vardı, topukları çocuklarınki gibi pembeydi. Derken kendini, kadının tüm pembeliklerini hayal ederken buldu. Topukları, dili, meme uçları, kalçası... Gözlerini iri iri açtı. Derin bir nefes aldı, ciğerlerini Tatyana'nın vücudundan yayılan sabun kokusuyla doldurdu,

"Neden sustun?" diye sordu, bütün merak ettiği buymuş gibi.

"Bir sebebi yok," dedi Tatyana başını yerden kaldırmadan, "Bir keresinde ağlamıştı Servet Sönmez burada. Yeni gelmişti, kıyafetlerini çıkarmadan yatağa uzanmıştı. Ben duştaydım. Çıktığımda alelacele toparlandı, bir şey söylemeden ayrıldı. Yüzünü saklamaya çalışıyordu, sanırım ağlıyordu, bunu görmemi istememişti."

"Neden olabilir, bir tahminin var mı?"

"Hayır. Daha önce olmamıştı, sonrasında da bahsi geçmedi doğal. Zaten hassas biriydi, canı bir şeye sıkılmış ya da kötü bir haber almış olabilir. Bilemiyorum."

Yine sustular. Sıkıcı filmlere özgü, o anlam dolu sessizlikte birbirlerinin nefesini işittiler. Olmayacak cambazlıklar sergileyip, kadının aklına girmesi, kaçamak her cevabı anında yakalayıp yüzüne çarpması gerekirken Mehmet Cemil ne soracağını bilemez bir vaziyetteydi. Diğeriyse cinayetlerin üçünü de kendisi tezgâhlamış olsa bile susmaya yeminli gibiydi. Kadının küçük hareketleri Mehmet Cemil'in hoşuna gitmişti. Elindeki küçük metal tokayı yavaşça çevirip oynaması; ayak parmağının, içinden gelen bir müziğe tempo tutarcasına yukarı aşağı sallanması; arada bir, belini ve karnını açıkta bırakan bir hareketle sırtını kaşıması... Aslında Mehmet Cemil tahrik olmuştu. Galiba tahrik olmanın yasak sayılmayacağı bir mahalde bulunduğunu düşünüyordu, sıklaşan yutkunmalarını bastırma ihtiyacı bile duymuyordu. Beğeni ve şehvet dolu gözlerle Tatyana'yı seyre koyuldu. Birkaç dakika sonra Tatyana, elleriyle yerden destek alma gereği bile duymadan etkileyici bir çeviklikle ayağa kalktı ve Mehmet Cemil'e kapıyı gösterirken,

"Randevum var, izninizle," dedi.

Mehmet Cemil doğruldu, kadının önü sıra kapıya kadar yürüdü, tam varmıştı ki ansızın geri döndü. Arkasından kendisini takip eden Tatyana ile hafifçe çarpıştılar. Mehmet Cemil, Tatyana'dan bir bardak su rica etti. Kadın su getirmek için mutfağa giderken Mehmet Cemil de dışarı çıkmış ayakkabılarını giyiyordu. Tatyana su bardağını Mehmet Cemil'e uzattı. Eksik bir haz duyarak kana kana içti suyu Mehmet Cemil, teşekkür etti, asansöre bindi ve asansör aynasında kendisini inceledi. Saçlarının bozulup bozulmadığına, burnuna, dişlerine, kıyafetine filan baktı. Gelirken nasıl görünüyorduysa her şey bir farkla aynıydı. Saçları biçimini korumuş, burnu yine biçimsiz ama temiz, dişler sorunsuz, kıyafetler yerli yerindeydi. Tek değişiklik gömleğinin üzerindeki uzun, kızıl bir saç telinin varlığıydı. Uzun, kökü sarı, kızıl bir saç teli.

12

Mehmet Cemil, Tatyana'nın alelacele kızıla boyanmış sarı saçını asansör aynasında, yüzyılın keşfiymişçesine gururla seyrededursun, avukat Zeki Bey, savcılık kaleminde çayını yudumlamaya başlamıştı bile. Kalem çalışanları, yılların saygın avukatını hürmetle karşılamış, arşivden dosya çıkartılırken bir de açık çay söylemişlerdi. Adliyede, meslektaşların bürolarında, muhtelif görüşmelerde ikram edilenleri saymazsak, günde en az iki bardak çay içmeye özen gösteriyordu. Fakat demli çay ona göre değildi. Şekersiz, açık. Olursa, yanına ince bir dilim limon. Bir yandan çayını yudumlarken –tadı berbattı, fazla kaynamış olacaktı- kalemin sıkıcı ortamına göz gezdiriyordu. Fezlekeler, müzekkereler, talimat yazıları, zor kararları, yakalama emirleri delinip zımbalanıyor, mühürlenip kaşeleniyor, zarflara yahut dosyalara yerleştiriliyordu. Zeki Bey, memurların yaptıkları işe yabancılaşmalarını hep sorgulardı ya, derdi bu değildi şimdi. Adliye koridorlarıyla yolu hayatı boyunca belki bir kez kesişmiş insanların bildik amentüsü neydi, "bir hastane, bir de adliye, kokusu bile adamı öldürür." Bu zırvalığı umursamıyordu. Bir süredir memurların, aslında yaşamadıklarını fark edemeyecek kadar uyuşmuş hallerinden muzdaripti. Bir çocuk istismarcısı kirli ifadesini verirken bunu zapta geçiren kâtip uykusuz gecesine kafa yoruyordu –midesine kramplar girmesi gerekmez miydi? Ya da yarı filozof bir kuyumcu hırsızı soygunu nasıl ince ince planladığını anlatırken –en azından tebessüm etmesi gerekmez mi- o hâlâ gecesiyle meşgul, uykusuyla!

Arşive inen memur elinde kalınca bir klasörle kapıda göründüğünde Zeki Bey çayını bitirmiş, sol elini, reklâm yıldızlarının yaptığı gibi yavaşça saçlarının arasından geçiriyordu –evet kel değildi! Açık kahve, yer yer sarı saçlarına ak bile düşmemişti. Memurun geldiğini görünce yerinden kalktı, bankonun diğer tarafına geçti, oturdu. Klasörü önüne aldı. Bir hayli kabarıktı. Kabaca bir hesapla 1000–1200 sayfa arasındaydı. İçinden çıkılır gibi görünmüyordu. Zeki Bey daha o dakika, klasörün temel bazı evraklarını, iddianameyi, ifade tutanaklarını filan inceleyip, kalanını Mehmet Cemil'in omuzlarına yıkmaya karar verdi. Stajyerine bu işkenceyi reva görürken, aklından, onun için de pratik olur hem, diye geçiriyordu.

Bombalama olayı 1980 yılının Mart ayında gerçekleşmiş, duruşmalara eylül ayının sekizinde geçilebilmişti. Oysa hazırlık soruşturmasının bu denli uzamasını gerektirecek bir neden yoktu. Çok sayıda görgü tanığı vardı, failler ismen, cismen tarif ediliyordu. Yüz elli sayfalık iddianamenin yaklaşık yüz sayfası somut olaydan ziyade, bombalama olayının mağdurlarının mensup oldukları örgütle ilgiliydi. Örgütün ortaya çıkışı, sol hareket içindeki ayrışmalarda takındığı tavırlar, yasadışı kimliği, bilinen faaliyetleri bir bir anlatılmış, iddianame, zanlılardan ziyade mağdurlar hakkında bir belgeye dönüşmüştü. Savcının, örgütü pek de sağlam pabuç olarak görmediği anlaşılıyordu. Başlarına geleni hak ettiklerini söylemediği kalmıştı bir. Örgütle ilgili bu tarihçeden sonra fiilin gerçekleştiği meydanın korunmasız yapısı, ABD Genelkurmay Başkanı'nın ziyareti nedeniyle emniyetin dikkatinin başka tarafa yoğunlaşmış olması, protesto eyleminin kışkırtıcı ve milli menfaatlerle çelişir niteliği, olayda ağır ve hafif yaralı kişilerin bulunması, ölenin olmaması, görgü tanıklarının muğlâk ve birbirleriyle çelişen ifadeleri değerlendirilmiş, her şeye rağmen, üzerlerine atılı suçu işledikleri kanaatinin oluştuğu belirtilerek zanlıların cezalandırılmaları talep edilmişti. En azından Zeki Bey bu sonucu çıkardı. Hiç şüphe etmemeli ki avukat Zeki Bey kimi önemli ayrıntıların farkına bile varmadı. Bir bakıma iyi de oldu, böylece dosyanın sırlarına vakıf olma, ayrıntıyı görme, bilme ve bildirme fırsatı Mehmet Cemil'in eline geçti!

İddianamenin taraflı bakış açısı bir yana bırakılırsa, her şey ortadaydı aslında. O zamanlar, sağda solda azgın çalılar gibi boy atmış süpermarketlere rastlanmıyordu. Caddeler, sokaklar güvenlik kameralarıyla yirmi dört saat gözetlenemezdi haliyle. Fakat yurttaşlar sorumlu ve cesurdular. Toplum, henüz televizyon seyircisine dönüşmemişti, yürek burkan bir olayın, bir sonraki bölümde hoş bir sürprizle tatlıya bağlanmasını beklemiyordu. Dünyayı, çiçeklerini yolup sütünü ziyan etmeye, göğünü güneşini sömürüp gerisin geri dönmeye gelmiş turistler gibi görmüyorlardı. Dünyaya doğmuş olmayı fevkalade bir şans gibi değerlendirmemişlerdi. Akasya ağaçlarına ve pamuk tarlalarına, patikalara, bulvarlara ve yükselen binalara; yalınayak oğlan çocuklarına ve hayalci genç kadınlara; dirsek çürütenlere ve can verenlere borçlu hissediyorlardı. Alacaklı değildiler. Elbette korktular, lakin saklanamayacak, bildiğini sakınamayacak kadar da vicdan sahibiydiler. Böylece kamera kayıtları olmasa bile –elde kamera, haber avına çıkmış muhabirler göremezdiniz sağda solda, henüz TRT'nin bile iki kamerası vardı, bilemediniz üç- görgüsüne başvurulacak çok sayıda insan evladı bulunabilmişti. Buna rağmen, darbenin siyah pelerini altında hukuk da teslim alınmış, kırbaç şakırtıları ve tehditkâr komutlarla yargılama, ilkokul müsameresine çevrilmişti.

Avukat Zeki Bey, klasörü kalem çalışanlarına verirken, yanında çalışan genç meslektaşı Mehmet Cemil'in en kısa sürede uğrayıp, dosyayı etraflı bir şekilde inceleyeceğini söyleyip, kendisine kolaylık gösterilmesini rica etti. Elbette, yardımcı olacaklardı.

Adliyeden ayrıldığında doğruca ofise dönmeyi düşünüyordu. Fakat dışarı çıktığında güneşli hava aklını çeldi. Kalabalığın arasında, yüzünde ancak onu yakından tanıyanların anlayabilecekleri bir tebessümle – dünyaya ve onu çevreleyen bu aceleci kalabalığa biraz şefkat, biraz muhabbetle ama sanki tüm koşuşturmanın beyhudeliğini idrak etmiş bir eren gibi bakıyordu. Tabiatın ürpertiyle seyrettiği evladıydı insan. Beton yollar dökmüş, demiri bükmüş, çelikten araçlar tasarlamıştı. Zehir katmıştı oksijene. Kendisine çarparak geçen bu insan bedenlerinin arasından sıyrılmalıydı. Güzel kokmuyorlardı. Birazdan kaldırım adını verdikleri beton yolda hareketsiz dikilip trafik denen karmaşayı kontrol altına almak için icat ettikleri ışıkların kendisi için yanmasını bekleyecekti. Bir lambanın kendisi için yanması! Zeki Bey insanoğlunun bu türden ifadelerle derin uzlaşmasını komik buluyordu. Değil öyle akıllı makineler, yapay zekâlar filan, işte bu basit düzenek, bir devrenin açılıp diğerinin kapanmasıyla etkinleşen bu renkli ışıklar hayatımızı denetlemiyor muydu yıllardır! Neredesin tabiat? Neredesin yalnızlık? Bu yol toprak olmalıydı hâlbuki, bu insanlar egzozla, kimyevi karışımlarla kirlenmemeliydi. Ağaçların yapraklarından yağmur damlaları süzülmeliydi, kan değil! Cüssesini daha fazla taşıyamayacaktı, bir taksiye bindi ve kendisini güçlükle de olsa ofisine attı.

13

Mehmet Cemil'in, Avukat Zeki Bey'den, adliyeye gidip klasörleri incelemesi gerektiğini öğrenmesi, adliyeye varışı, kalem çalışanlarıyla konuşması, memurların klasörü getirmeleri ve Mehmet Cemil'in bir masaya kurulup klasörün kapağını çevirmesi: bu süreç sinema perdesinde diyalogsuz ve iç içe geçen görüntülerle kurgulanacaktır. Zira bütün bunların tartışmaya açık olmadığı ortada. Talimatı almalı, gereğini yerine getirmeli. Onun işi bu, beğenmiyorsa gidebilir.

Klasörün boyutları ilk başta gözünü korkutmuştu. Defterini açtı, eline bir kalem aldı, ilk evraktan başlayarak incelemeye koyuldu. Bir yandan notlar çıkartıyor bir yandan da o günleri hayalinde canlandırmaya çalışıyordu. Mehmet Cemil dünyaya geldiğinde askeri darbenin tozu henüz tam olarak dağılmamıştı. Kuşağının tektip niteliği gayriihtiyari onu da sarmalamış, kendine, evvelki on yılları örnek almakta dirense de yerli malı haftalarıyla dalga geçen, satıp savmaya pek hevesli bu insanların arasında maziden hikâyeler mırıldanan bir deli gibi görünür olmuştu. Yine de altmışlı ve yetmişli yılları anlatan çok sayıda kaynak kitap okumuş, politik kültürel ortamı, gençlik hareketlerinin bu ortama yaptığı enerjik müdahaleyi heyecanla karşılamıştı.

Biraz da yirmi yıllık bu müstesna döneme dair altyapısı nedeniyle, savcılık iddianamesinde bombalama mağduru militanların üyesi bulundukları örgüt ve ona bağlı olarak Türkiye'deki diğer sol örgütlerle ilgili kaleme alınmış bölüm zihninde şu başlıkla canlandı:

BOLİVAR DESPERATİ
KAÇMAYI BAŞARDI MI?

Savcı –genç bir savcı olmalıydı- kendisini tanımladığı muhafazakâr fikirlerin hakkını vermek, önünü açan irili ufaklı bütün iktidarlara borcunu ödemek adına, karşısına gelen davayı fırsat bilmişti. Bu nedenle iddianame, kâr ve toprak hırsıyla kör, hantal devletlerin tabiatı yağmaladıkları ilk cihan savaşında filizlenen, Kurtuluş Savaşıyla birlikte iyice olgunlaşan cumhuriyet ideolojisiyle de şöyle bir hesaplaşıp, 60 senesindeki darbe hareketine varıyor, sol örgütleri bu darbeyle beraber mercek altına alıyordu.

Konuya yaklaşım tipikti. Kurtuluş Savaşı, iddianameye bakılırsa, başıbozuk çetelerin örgütlenmesiyle mümkün olmuştu ve bunların milli nitelikleri bir yana, sonuçta yeni devletin kuruluşunda bu çete etkisi tartışılmazdı. Asilerin örgütlediği bir harp, asilerin örgütlediği bir cumhuriyete evirilmişti. Savcı, bu çok da açık olmayan tarih yorumunu az da olsa netleştirebilmek için bir es verip, asinin söylemdeki yerine de değinmiş, son tahlilde, düzen karşıtlarının hâkim ideolojilerdeki sıfatının asi olduğu sonucuna varmıştı. Böyle bakıldığında, sözgelimi Kurtuluş Savaşı ile bir devlet kurulmuştu ama savaşın asıl sonucu bir cihan imparatorluğuna noktayı koymasıydı savcıya göre. Böylece, iddianame sultanların ve halifelerin gül bahçesini dağıtan bozguncu komutanları ve destursuz çıkıveren Bolşevik devletini azarlayıp, tarihin bu dönemini uzun hesaplaşmaların ardından geride bırakıyor, göz kamaştırıcı bir kıvraklıkla aylakların, asker kaçaklarının, ayaktakımının, kısaca asilerin kışkırttığı bir diğer can sıkıcı, can alıcı tan vaktine erişiyordu: 1960 senesinin Mayıs ayının yirmi yedinci gününe!

Dramatik bir dille darağacı günlerini anıyor ama iktidarın silahla zaptındaki tarihsel döngünün yarattığı iç sıkıntısına değinmek aklına gelmiyordu doğal olarak. Tarihin akışına birinci müdahale milleti halifesinden etmişti, bu darbe ise milli kimliğe savaş açıyordu. Gençlerin ateist kitaplarla tanışması bu darbeyle mümkün olmuştu. Dahası, Allah'ın inkârındaki yeni süreç, yalnızca kavramlara değil, doğrudan ve ilk elden eşyaya düşmanlığı öğütlüyordu. Adına komünizm dedikleri sinsi düşman, sınırlarımızı Sovyet cumhuriyetiyle birleştirmemiz, topraklarımızı dağıtmamız gerektiğini, evimizdeki somyanın, radyonun, masanın, sandalyenin hatta ve en vahimi karımızın, kızımızın bile sahibi olamayacağımızı, her konuda ortak kullanıma geçilmesi gerektiğini dikte ediyordu. Gençliğin zihni bu fikirlerle lime lime edilmiş, okulunu okuyup ailesine, milletine borcunu ödeyeceği yerde, gencecik çocuklar siyaset yapma hevesine kapılmıştı.

Altmışlı yılların sonunda kitleselleşen, yetmişler boyunca yer yer halktan kopuk, yer yer kitlesel eylemlerle süren gençlik hareketlerini sayfalar boyunca tartışmış, lafı bombalamaya getirene dek irili ufaklı bütün sol örgütlerin şeceresini çıkarmıştı adeta. Daha sonra kendi aralarında fraksiyonlara ayrılmış olsalar da savcının nezdinde bu örgütlerin tamamını tarif eden özellik gayrı milli olmalarıydı. Apaçık bir şekilde Osmanlıcı fikirlerini sergilediği halde, sol örgütleri milli olmamakla suçlaması dikkat çekiciydi doğrusu. Bunu yaparken de diğer bütün ayrıntıları yok sayıp, hareketin komünist Rusya ile olan bağlantılarını, Kızıl Çin hayranlığını, yetmişlerle başlayan ikinci dönemdeyse Güney Amerika yönelimlerini öne çıkarıyordu.

Durduğu yeri çok net bir şekilde ortaya koyuyordu savcı ve bir hukuk metninde rastlanmayacak yoğunlukta politik bir dil tutturmuştu. Nesnel değerlendirmeleri de yok değildi. Sözgelimi orduyu, zamanda ve yerde sabit saymayıp, iki farklı dönemde, farklı saflarda değerlendiriyordu: cumhuriyeti kuran ve yirmi yedi mayısı yapan orduyu asilerin ordusu sayıyor, anayasayı tarumar edip gençlik liderlerini sehpaya yollayan orduyu ise, asilerin başını ezdiği için alkışlıyordu.

Yine de, bütün olarak bakıldığında karmakarışık bir dimağdan çıktığı, hurafe düzeyindeki bilgilerle kaleme alındığı anlaşılan iddianame, hamasetle yorgun, soluğu kesilmiş bir halde bombalama olayına, ceza yargılamasının asıl meselesine ulaşıyordu.

Bombalama olayının mağduru örgüt yasal siyaseti reddediyordu. Parlamenter sistem içinde, demokrasi diye çağırılan ve tek gerçekleşme biçimi oy sandığı ve oy pusulası olan bir yapılanmada, halk için umut kapılarının daimi şekilde kapalı kalacağı değerlendirmesini yapmış, sınırlı sayıda militanla yeraltı örgütlenmesini benimsemişti. Silah kullanmayacaklardı. Karşı değillerdi ancak az sayıda militanla sistemin üstün silahlarla donatılmış savaş aygıtına karşı koyulamayacağı öngörülmüştü. Devrim mücadelesi silahlı güçlerin kırışması değildi. Silah yaptırım gücü demekti ve kuşkusuz hiçbir devrim bu aygıtı hesaba katmadan kalıcı bir başarı kazanamazdı. Yine de devrimi, silahlı kuvvetlerin bilek güreşine indirgemek daha en başından kaybetmek anlamına gelirdi. Devrimci bir örgüt silahlı gücü takip edemezdi, fakat silahlı gücün kendisini takip etmesi için bütün halk katmanlarını seferber etmeliydi. Hiç şüphe yok ki kuramsal açıdan yeterli bir önderlik bu sürece öncülük etmeliydi. Çatışma temelli, gerilla tarzı bir mücadeleyi benimsemedikleri halde, yeraltı örgütlenmesini tercih etmeleri bir soru işaretiydi tabii. Bunu da şöyle açıklıyorlardı: mevcut haliyle ordunun halkın ordusu olmadığını, bilakis sistemin koruyuculuğunu yaptığını tespit etmişlerdi. Orduyu eleştiren ama ordu içindeki ilerici kuvvetlerin her an harekete geçebilecek zindelikte bulunduklarını varsayan –bu nedenle orduyla cepheleşmenin değil, ona yol göstermenin esas olduğunu öne süren- yasal örgütlerle tam da bu noktada ayrışıyorlardı. Evvela kabul, ordu tek parça değildi –değil mi ki atom da parçalanmıştı. Fakat bu değişkeni çok yapı içindeki halkçı güçleri harekete geçirmenin yolu sistemin ordusunun gönlünü hoş tutmaktan geçmiyordu. Tersine, yalnız ordu içindeki değil, tutucu köylü yığınlarının, örgütsüz işçilerin, küçük esnafın ve toplumu oluşturan diğer katmanların içindeki dinamik, uyanık güçlerin harekete geçirilmesi radikal, yeri geldiğinde yıkıcı söylem ve eylemleri gerektiriyordu. Hâkim güçler bu kesimlere küçük tavizler veriyor ve sisteme uymalarını sağlıyordu. Kudretli kalabalıklar düzenli olarak narkoz etkisindeydi. Uyuşturulmuş bedenlerinin sert ve acımasız biçimlerde sarsılmaya ihtiyacı vardı. O halde onları kazanmanın yolu sabırla beklemek değildi. Gerekirse –kesinlikle gerekiyordu- bütün kurumlarıyla sistemin karşısına dikilmeli, en hassas yerlerinden en ağır darbeleri vurmalıydı.

İşin aslı yasalar açısından sakınca arz etmiyorlardı. Kendilerininkine yakın fikirleri savunan çok sayıda örgüt bulunmaktaydı. Kolluk kuvvetlerinin göz açtırmadığı diğer illegal örgütler gibi değildiler. Fakat sistemin ve sistemi ayakta tutan hukukun kendilerini nasıl değerlendirip kategorize ettiği ile ilgilenmiyorlardı. Onlar mevcut sistemi halkın çıkarları, halk iktidarı açısından gayrimeşru ilan etmişlerdi. Bu nedenle kendilerini, karşı oldukları bir sistemin içinde tanımlamayı reddetmişler, yasa dışılığa gönüllü olmuşlardı.

Kendilerine bir isim belirlememişlerdi. Gizli bir şekilde çoğaltılıp dağıtılan broşürlerine *Doğruyu Söylemek* adını uygun görmüşlerdi. Böylece gençlik arasında ve tabii istihbarat nezdinde *Doğrucular* olarak anılmaya başlamışlardı. İddianamede sol örgütler yasal olanlar ve illegaller şeklinde tasnif edilmişlerdi. Bu ayrımla yetinmeyen savcı daha sonra kendince bir değerlendirme daha yapmış, önder kadroları, militan sayıları, fikirsel mücadele aygıtları gibi ayrıntılar aracılığıyla, ciddiye alınması gerekenler, tehlike arz edenler, macera peşindekiler gibi ikinci bir liste daha oluşturmuştu. *Doğruyu Söylemek* adlı dergileriyle faaliyet gösteren nam-ı diğer *Doğrucular*'ı da "çatışma ortamından uzaklar, ama fikirlerini yayma ve savunmadaki radikal tavırları ve şeytanı bile suya götürüp susuz getirecek kadar zeki önderlikleriyle gençliği baştan çıkarmada, diğer örgütleri gölgede bırakıyor" şeklinde tırnak içine almıştı. Hiçbir yıkıcı faaliyette bulunmamışlardı yine de ideolojik açıdan en yıkıcı örgütler arasında sayılıyorlardı.

Tabii, savcının iddianamedeki bu takdire şayan gayretlerinin arkasında bombacıların –Servet Sönmez, Serkan Şeker ve Rahim Zorlu'nun- fiillerinin hafifletilmesi hedefi apaçık sırıtıyordu. *Doğrucular*'ın bombayı hak ettiğini söylememişti ama içinde bulundukları ve çarparak sendeleten, sıçrayıp kirleten ideolojik kaynağın büsbütün kurutulmasına da canı gönülden sevinecekti hani.

Sonuçta bombalama olayı ikisi ağır sekiz kişinin yaralanması ile sonuçlanmış, can kaybı olmamıştı. Zanlıların eşkâlleri tanıklar tarafından ayrıntılı şekilde çıkarılmış, isimleri bile tespit edilmişti. Buna rağmen ele geçirilememişler, yargılama gıyaplarında başlamıştı.

Mehmet Cemil, dava dosyasının eki niteliğindeki belgelerde, *Doğruyu Söylemek* dergisinin bazı nüshalarına da rastlayınca, soruşturmayı bir süreliğine unutup, kendisini satır aralarında örgüt izi sürerken buluvermişti. Yıllar öncesine ait günlük yayınları okumanın yadırgatıcı bir yanı vardı. Bugünle hemen hiçbir bağı kalmamış kimi tartışmalar bir yanda, bugün bile çözülememiş sorunların o vakitler yarattığı hararetli tartışmalar diğer yanda. Yapaylığın pençesinde can çekişen bir gündem zihinleri karmaşaya boğmuş; fakat beri yanda, zevk hayalleri kurdurup ıstırap çektiren gündelik hayata karşı ısrarla erdemli cümleler kuran, doğru bildiğinde inat eden yazılar: yazıtlar! Derginin, dava dosyasındaki son nüshasında, -bunun çıkmış son sayı olduğu derginin içeriğinden de anlaşılıyordu- ortak imzalı bir başyazı kaleme alınmıştı. Bir veda yazısı değildi. Halkın arasına karışma, hep ve aralıksız kışkırtma sözü veriliyordu. Belki başa dönme, idari kurumlarından ordusuna, sokaktaki muhbirinden uluslararası işbirlikçilerine dek bu kocamış kemirgenlerin, bu kendi kendini tüketmiş etçil sürüngenlerin -köhne sandalyelerin bacakları kırılıyor ve ahşap kapıları gıcırdıyor- yıkılmaya yüz tutmuş virane konutlarında, ama bir heyula gibi korku salarak mücadeleye devam kararı açıklanıyordu. Baskılara rağmen yurdunda kalıp direnmeyi seçenlerin yüzleşecekleri cezayı yüceltiyor; davalarının talep ettiği cüretten yoksun kimi dostların göçtükleri batı ülkelerinde sürecekleri sefayı yeriyorlardı. Yazının sonuna, belki biraz da yaralı, derginin tüm yazarlarını temsilen, Güney Amerika'nın büyük devrimcisi Simon Bolivar'a açık bir göndermeyle, tek bir imza atılmıştı: Bolivar Desperati! Darbe koşullarında ister istemez mutsuz; konuştuğu dil, ne yapsa anlaşılmayan bir çocuk gibi yorgun; bir anlığına da olsa nerede olduğunu karıştıran, uyandığı odayı tanıyamayan kuvvetsiz bir hasta gibi dehşet hissiyle atılmış bir imzaydı belli ki. İşin eğlenceli tarafıysa dava dosyasının ilerleyen aşamalarında, duruşma savcısı, araştırılması istenen hususlar arasında Bolivar Desperati isimli örgüt üyesinin akıbetinin emniyet müdürlüğü ve Sıkıyönetim Komutanlığına sorulmasını istemiş, mahkeme başkanı da bu talebe uygun olarak Bolivar Desperati isimli şahsın açık kimliğinin ilgili birimlere sorulması kararı almıştı: Siyaset dersinden çuvallamış bu güruh, dünya tarihinden de sınıfta kalıyordu! Mehmet Cemil gülmek istemedi acıklı haline sorgucuların.

İddianamede *'Doğruyu Söylemek'* dergisine ve onun çevresinde örgütlenenlere bu yoğunlukta yer verilmesi hukuk mantığıyla örtüşmüyordu belki ama Servet Sönmez ve iki arkadaşının öldürülmesi bu davayla bağlantılı olabilirdi! Bu durumda failin izini bu örgütün yaşayan üyeleri arasında sürmek kaçınılmazdı. İddianame bu açıdan benzersiz bir kaynak teşkil ediyordu. Mehmet Cemil tespit edebildiği kadarıyla iddianameye geçirilmiş olanların isimlerini ve kimlik bilgilerini not aldı.

Yargılama başladıktan iki ay sonra dosyaya giren ek iddianame, Avukat Zeki Bey'in dikkatinden kaçmıştı. Böylece bu keşif –ne keşif ama- Mehmet Cemil'e kaldı. Tek sayfalık bu metin vaktiyle davanın seyrini değiştirmemişti gerçi. Sanıklar bulunamamıştı ne de olsa. Fakat bugün itibariyle işlenen üç cinayetle ilgili algılamayı büsbütün değiştirebilirdi. Mehmet Cemil sayfada neler yazdığını, içeriğinin ne olduğunu anlayamadan, doğrusu daha tek kelimesini bile okumamışken cep telefonu çaldı. Uzun uzun çalıp insanları rahatsız etmesini istemiyordu. Hızlı hareketlerle, neredeyse paniğe kapılmış gibi çıkardı cebinden telefonunu. Gizli bir numaradan aranıyordu. Aslında gizli numaraları açmama gibi bir düsturu yoktu ama bakmak istemedi yine de. Telefonu sessize aldı, gözünü ekranından ayırmadan, arayanın kapatmasını bekledi. Nihayet kapandığında da bütün yoğunluğunun dağıldığını fark etti, gözlerini ovuşturdu. Esnedi. Çenesini eline yasladı, daldı. Derken az önceki gizli numara yeniden aradı. Telefon elindeydi, yeniden sessize aldı, kapatmasını bekledi. Sonunda oturduğu yerden kalktı, beli tutulmuştu. Olduğu yerde gerindi, fotokopi istemek için arkasını döndüğünde bütün kalemin kendisini seyrettiği hissine kapıldı. Biraz şaşkın onlara baktı. Fotokopi çekmesine karışmadılar, okuyamadığı sayfaların fotokopilerini çantasına yerleştirdi, aklı Asi'de, dışarı çıktı.

14

Dünya küçük, diye düşündü Mehmet Cemil. Bombalama davasındaki mağdurlardan biri, Doğruyu Söylemek ekibinden Bora Aykul, Asi'nin babası çıkmıştı. Böylesi tesadüflere ölçüsüz anlamlar yüklemezdi çoklukla. Bora Aykul'un bir çocuk sahibi olması sıradandı. Bu çocukla, Asi'yle yakın arkadaş olmaları da. Fakat denklemi bir de şöyle kurması gerekecekti şimdi: soruşturduğu cinayet vakasının faili, yakın arkadaşının babası olabilirdi!

Bu tesadüfte büyütülecek bir şey yoktu belki. Yine de kendisini bir an, soruşturduğu olayın içinde buluvermişti. Dışarıdan bakan bir çift göz değildi artık onunkisi. Karşısındakine değil yanındakine bakıyordu artık, Asi'ye bakıyordu.

Karaköy'den vapura binmiş Kadıköy'e geçiyordu. Karşıda bir işi yoktu ama orası karşıydı işte. Biraz soluklanmak, başka bir yerde, başka işlerle haşır neşirken seslerin buraya nasıl eriştiğini manzaranın buradan nasıl göründüğünü bilmek istiyordu. Vapur kalabalık sayılmazdı. Hava olabildiğince yumuşaktı, yine de içeriye oturmayı tercih etti. Ofisten çıkarken çantasına sıkıştırdığı magazin ekini çıkardı. Arada bir göz atmayı seviyordu magazine. Sosyeteye mensup kadınların ve erkeklerin haberleri vardı ikinci sayfada. Tanımadığı bu insanların yapıp ettikleri –giyinmek, gezmek, yemek- ilgisini çekmedi. Sağlıklı beslenme önerilerinin, zayıflama reçetelerinin filan bulunduğu üçüncü sayfayı da geçti, bu konuda tek bildiği, kilo vermek isteyenin yemek yememesi gerektiğiydi! Derken karşısındaki bankın uç tarafına iri yarı bir adam oturdu. Nefes almakta zorlanıyordu sanki, kızarmıştı. Biraz dinlendi, sonra da çantasından, yeni alındıkları anlaşılan birkaç kitap çıkarıp karıştırmaya başladı. Mehmet Cemil adamı tanımıştı. Çok satan gazetelerden birinde köşe yazarıydı. Siyasi içerikli yazılar kaleme alıyordu. Bir iki yazısını okumuş, bir fikri eleştirmek yerine o fikre küfreden; bir fikri savunmak istediğindeyse o fikri tiranlaştıran bu üslupsuz yazara inceden öfkelenmişti vaktiyle. Şimdi yüz yüze gelmişlerdi. Tarzını, körelterek kullandığı dilini, tiksintiyle seçtiği sözcüklerini sevmeyen; ileri sürdüğü dayanaksız düşünceleri olsa olsa şuursuz bir suçlunun görmezden gelinebilir kabahatleri sayan birinin tam karşısında oturduğunu bilmeye hakkı var, diye düşündü. Magazin ekinin arka sayfasındaki resimlere ve iri puntolara göz gezdirirken bir yandan da köşe yazarını süzüyordu. Baktığı sayfada film yıldızlarının çocuklarıyla çekilmiş fotoğrafları vardı. Ünlülerin çocuk sahibi olmaları sırf ünlü olduklarından değil, çocuk sahibi olmayı olağanlaştırdığından galiba, herkesin ilgisini çekiyordu. Sonsuz seçeneğe sahip bu insanlar, tüm o göz kamaştıran olasılıklar dünyasında, alelade insanlarla aynı şeyi seçip, çocuk yapıyorlardı. Onları sevmek, kendimizi ünlü hissetmek demekti belki de. Haberi okumuyordu tabii, karşısında oturan adama, öyle elektronik posta marifetiyle filan değil, canlı kanlı iki çift laf etmenin ne hoş olacağını düşünüyordu. Yazılarıyla sevgisizlik ürettiğini kulaklarıyla duysun bakalım. Öyle ya, bir yazı kendisinden ibaret değildir yalnızca, binlerce yılın biriktirdiği bir dilde her sözcüğe hükmü geçebilir mi yazarın. Kelime, alfabeyi oluşturan harflerin rastlantısal bir birleşiminden daha fazlasıydı. Bu yüzden kâğıt üzerinde değildi yazının bütün macerası: mutlu ediyor, kedere sürüklüyordu! Ağlayan da vardı böylece aldatan da. Yazı insana dair her duyguyu harekete geçirebilir, bir duygunun keşfiyle bitebilirdi. Bir ahlâka nihayet, yeni bir ahlâkın manifestosuna ses verebilirdi. Bu nedenle Mehmet Cemil'in karşısında oturan bu köşe yazarının vapur yolculuğu bir sefa olmaktan çıkabilirdi pekâlâ. Hem düşünceye saygının gereği bu değil miydi, yazı insanlarının yazdıklarının yankısını görmeleri en büyük ödül değil miydi onlar için canım?

Derken vapur Kadıköy İskelesi'ne sert bir şekilde vurdu. Yolcu tahliyesine geçildi. Mehmet Cemil adama söyleyeceği bir iki cümlenin sıralamasına kafa yoradursun, adam kitaplarını çantasına yerleştirmiş, çıkışın yolunu tutmuştu bile. Mehmet Cemil elindeki magazin ekini oturduğu yere bıraktı ve adamın peşi sıra yürümeye başladı. Ensesi de kırmızıydı adamın, küçük sivilceler görülüyordu. Hoş bir koku yayılıyordu, Mehmet Cemil losyonun markasını merak etti. Kendisi kolonyadan öteye geçememişti ya, şöyle şahane bir koku almak isterdi doğrusu. Adam vapurdan indi, Mehmet Cemil de peşinden. Bir süre böylece yürüdüler. On adım sonra iskeleyi terk edip kalabalığa karışacaklardı. Bu vapur yolculuğunun köşe yazarı açısından huzurlu bir hatıra olması anlamına geliyordu. Son adımlar, diye geçirdi Mehmet Cemil aklından ve köşe yazarının sol kulağına ısıracakmış gibi iyice yaklaşıp, "yazdıklarınızdan yüzünüz kızarmıyor mu?" deyiverdi. Dönüp bakmasını bekledi. Fakat adam bir anlığına durup sözleri idrak etmeye çalıştıysa da daha hızlı adımlarla gözden kayboldu.

Mehmet Cemil peşinden bakmadı bile. Birbirlerini yalnızca kıyafetleriyle tanıyan – fötr şapka, kırmızı mendil belki – iki kişi, kimse farkına bile varmadan teslimatı gerçekleştirmişti: biri diğerinin kulağına yüzleşmek istemeyeceği bir soru fısıldamış, diğeri bu kelimelerin kimin ağzından çıktığına bakamayacak kadar tedirgin, zindanının duvarlarını dört yanına kuşanıp şehri terk etmişti.

Mehmet Cemil hiç acele etmeden, koşuşturan insanların arasına adımını attı. Dergi satan gençlere gülümsedi. Büfeden yükselen berbat balık kokusunu almamak için parmaklarıyla burnunu sıktı, adımlarını hızlandırdı. Caddeyi kesen ara sokaklardan birinde kolay kolay ulaşılamayan kimi filmlerin kopyalarını satan bir filmci vardı. Eski filmlere ilgi duyanlar için gerçek bir vaha! Çok bilinen klasiklerden Avrupa'nın ustalarına, saklı şaheserlere, kovboy filmlerinden avangartlara ne ararsanız vardı.

Mehmet Cemil yüzlerce kopya arasında kendini yitiriyordu. Bir ayinin gereğini yerine getirir gibi, her filmi tek tek elden geçiriyor, çoktandır ezbere bildiği filmlere aç gözlerle bakıyordu! Parmaklarını o ucuz kopyaya değdirdiğinde bile yönetmenin nefesiyle ürpermek, ışıkları, kamerayı, rolünü tekrar eden oyuncunun kalp atışlarını hissetmek. Karşısında durduğu şey bir resim değildi oysa yahut bir şiirin dizelerinde gezinmiyordu gözleri –sinema salonunda bir koltuğa kurulmamış, bakışlarını perdeye çevirmemişti. Elinde tuttuğu, bir liralık DVD üzerine yapılmış özensiz bir kopya ve onun kutusuydu hepi topu. O kutu, bir gece şehrine, Ortaçağ'da bir mahzene, yaralı erleriyle bir sipere, bir masal halısına açılacakmış gibi soluğu kesilen Mehmet Cemil iki saatin sonunda, yıllar önce televizyonda seyredip de şimdi çok az ayrıntısını anımsadığı bir filmle çıktı dışarıya, *Harry'nin Derdi*'yle.

Lacivert bir şal Kadıköy'ü sarmalamıştı. Birazdan büsbütün kararacak, sokaklar kedigözleriyle, üniversiteli gençlerin pırıltılı simalarına teslim olacaktı. Çarşı şenlenmişti. Antikacılar kapılarını kilitliyorlardı, şenlik satmıyor, mazinin küllerini vaat ediyordu onlar. Sahaflar açıktı. Okunmuş, el değiştirmiş kitaplar hep aynı kokuyla dolduruyordu buraları. Bu koku kâğıdın maddesiyle ilgiliydi belki. Fakat evlerimizde böyle kokmaz eski kitaplar. Sahafların bir karakteri olduğunu buradan anlarız. Farklı okurların elinden geçmiş, sırrını herkese açmış romanlar, koşuşturmalardan azade, sarı bir ışıkta güneşlenirler. Efkârlı geceler yayılır böylece onların vücutlarından. Kiminden deniz kokusu alırız, kiminden yılgın bir Avrupa rüzgârı eser. Onlara değen her el, harflerini süpüren her nefes hissesine düşeni almış, terinden bir damla katmıştır. Bu koku özeldir. Nezih kitapçılarda sezemeyiz, mağazalarda alamayız. Diğer taraftan herkes de duymaz bu kokuyu. Burnunun direği sızlayan da vardır, rutubetten kolu bacağı ağrıyan da. Hâsılı, burun zihnin işçisidir. Her kokuya açıktır, çalışır. Köhne bir zihin – bu onun sonunun yakın olduğuna da işarettir ya – pis kokuları sahiplenir, hür kokuları iter. İşte, İstanbullu olalı beri, kokularda harikalar arayan Mehmet Cemil de, bu rayiha ile mest, masalarında altmış yıllık dergiler, eski yeni kitaplar yığılı bir sahafın önünden geçerken loş ışıkta kitap karıştıran öğrencilere hürmet gösterip kasketini çıkardı ve dişlerini sıktı, kitap okumak için vakit ayıran insanlar sevilecek insanlardı vesselam!

Kadıköy çarşısındaki barlardan birine oturdu. Bir bira söyledi, bir de midye tava. Nasıl olduğunu çözememişti, yerken midesi bulanıyordu yine de yemeden duramıyordu. Birasından bir yudum alıp dirseklerini masaya dayadığında masanın zemine tam oturmadığını fark etti. Eh bununla uğraşacak değildi. Masaya iyice abandı ve içkisinden algısını büsbütün yanıltacak büyükçe bir yudum daha aldı. Karşısındaki sandalyede kendi çocukluğunun oturmakta olduğunu hayal etti. Sonra da onunla konuşmaya başladı. Aslında bu ayıkken de sık sık başvurduğu bir yöntemdi. Karşısında bir arkadaşı, kardeşi, kendisi ya da herhangi biri varmış gibi konuştukça konuşur, karmaşık zihnini toparlamaya çalışırdı böylece. Şimdi de her nedense karşısına kendi çocukluğunu oturtmuş ve o çok sevdiği yöntemle, Sokrates'in keyifli sorgulamalarını taklit ederek sormuştu:

"Tesadüf diye bir şey yoktur diyorsun, doğru mu anlıyorum?"

"Evet öyle!"

"O halde bu kalabalık şehirde ansızın karşılaşmamız da tesadüf dışında bir açıklamayı hak etmeli değil mi?"

"Elbette, tesadüf bir açıklama değildir."

"Güzel. Tesadüfü olgunun izahı noktasında gündemimizden çıkardığımıza göre elimizde ne var bir bakalım. Ben buradayım. Sen karşımdasın. Ben seni hatırlıyorum. Sense senden sonraki hiçbir şeye vakıf değilsin. Yanılıyor muyum?"

"Hayır devam et lütfen."

Olmayacaktı, pes etti.

"Burada, bir barda karşılaşmanın tutarlı bir açıklamasını yapabileceğimi sanmıyorum. Tesadüf ya da değil, Asi'nin babası bu cinayetlerin neresinde bana söyleyebilir misin? Asi'nin bütün bu olanlardan haberi var mı?"

Böylece Mehmet Cemil başarısız 'Sokrates diyalogu' girişimine son verip artık kendi kendisiyle konuşmaya başlamıştı. Dava dosyasında karşılaştığı bazı gerçekler huzurunu kaçırmıştı ama bunlar arkadaşlarını sorgulamasını gerektirecek şeyler değildi. Dahası acı, dilinde damağında iştahlı bir yanma hissine benzettiği bir zevk aldığı da söylenebilirdi bu halden. Zira en yakın dostların, sevgilinin, yoldaşın bile sırları olmalıydı ona göre. Sırları olan insanlar hikâye anlatabilirdi. Bildiğini sakınan, gizemli işler çeviren insanları kastetmiyordu Mehmet Cemil. Her gün yeniden doğan insan, her gün yeni bir sırla gelir. Bu insanlar kendileri için bile kapalıdır. Anlatsa da bitiremez, ki her şeyi anlatamaz. Sürekli olmaktadır. Hikâyesinin sonuna karar veremez, zira hatıraları her sabah yer değiştirir. Gölgeden çıkar biri, kısa pantolonunun arka cebinde ya da bir masanın kırık kanadında yiter diğeri! Bir hayhuy içinde kaynayıp buhar olmaktadırlar kendilerine kalsa, oysa çok insan için varlık sebebidirler. Asi'nin saklamadığı, ama unutulup toza belenmiş bu hikâyesi işte sırf bu nedenle Mehmet Cemil'i heyecana sürüklemiş, üç masa ötede oturmuş bira içen üç güzel kızın üçüne de, her yudumda masumiyetini biraz daha yitiren gözlerle bakarken Asi'yi düşünmüştü. Öğrenir öğrenmez karşılarına geçmiş, davadan söz etmişti uzun uzun. En sonunda da Asi'ye dönmüş, dava dosyasında babasının adına rastladığını söylemişti. Asi kokusunu yadırgadığı çayından bir yudum almış, çaya yeşil çay karıştıran Üzgün'e ters ters bakıyordu. Sonunda Mehmet Cemil'e dönüp,

"Evet evet, 'Doğrucular' Kapandı galiba o dosya," demişti, umursamadan. Üzgün ve Âşık da davadan haberdardı. Dahası Âşık,

"Annem ve babam da tanık olarak ifade vermişler zamanında. Duyduğum kadarıyla zamanaşımına uğramış dava!" deyivermişti, çayın tadını beğenmediği yüzünden anlaşılıyordu onun da.

Mehmet Cemil şaşırmıştı. Meraklı gözlerle Üzgün'e döndü. Onun da birkaç söz söylemesini, hikâyedeki rolünü açıklamasını istiyordu sanki. Fakat o asık bir suratla Asi'ye bakıp,

"Gerçek çay yeşil çaydır aslında usta," dedi. Sesi zor çıkıyordu. Dava ile bir ilgisi yoktu anlaşılan. Bütün meseleyi biliyordu muhtemelen ama diğer ikisi gibi taraf sayılmazdı. Mehmet Cemil'e dönüp,

"Sen de girdin ya bu davaya, bir ben kaldım aranızda pirüpak," dedi gülerek. Mehmet Cemil gülmedi, kendisine olağanüstü gelen bu bilgiler, onların bahsetmeye bile değer bulmadıkları eski bir hadiseydi. Arkadaşlarının hikâyedeki küçük rollerine değil, kendisinin daha önce haberdar olmayışına şaşıyordu daha çok. Onların hikâyelerini onlardan dinlememişti, tam tersine, parçaları bir araya getirip hikâyeyi kendisi anlatmıştı onlara. Yine de üstü örtülü bir sırrı keşfettiğini sanıyordu, fakat öyle değildi. Sır yoktu, saklanan yoktu. Asi ile Âşık birbirlerini çocukluklarından beri tanıyorlardı. Üzgün'le üniversite yıllarında tanışmışlardı. En son Mehmet Cemil katılmıştı aralarına.

Bir bira daha istedi. Arkadaşlarını düşünüyordu. Üç masa ötedeki üç güzel kız şımarık kahkahalar atıyorlardı. Birkaç saniyeliğine masumiyet kavramını sorguladı. Eski ahlak, masumiyeti el değmemişlikle bir tutuyordu. Bilim dışıydı şüphe yok ki, değişmeyi, yenilenmeyi bozulmak addediyordu. Bu ahlakın müritleri, bozulmamışı seviyordu. Birkaç saniye böylece geçti ve sonunda Mehmet Cemil masumiyeti şöyle tarif etmeyi uygun buldu: Tutkulu, yıkıcı, alevden bir samimiyet! Kızlara kırmızı gözleriyle baktıkça coştu, o an birkaç havai fişek sevinçle patlamalıydı. Damarlarını kat eden sıvı, akşamüstleri koşuşturan yaz çocukları gibi zincirlerinden boşalmıştı da, kıymetli bir iz bırakacak denli esinle dolduğunu hissetti. Kızları sevdi ve arkadaşlarını daha çok, daha edebi kelimelerle yâd etti yeniden. Nihayet kadehini kızlara doğru ama elbette Asi, Âşık ve Üzgün için kaldırıp, candan bir dostu anlatacak en uygun başlığı çarşının şen şakrak siluetine atıverdi:

SIR KELAM

âşık

Âşık'ın babası makine mühendisliği okumuştu. Yoğun bir şekilde siyasi hareketlerin içinde bulunduğundan on iki yılda mezun olabilmişti gerçi. Mesleğini de bir gün bile icra etmemiş, başlangıçta amatörce ilerleyen edebiyat çevirilerine yoğunlaşmış, zamanla takdir toplayan çeviri kitaplar yayınlar olmuştu. Annesi ise kimya öğretmenliğinde okumuştu. O da tıpkı babası gibi, fakülteye devam etmemiş, verdiği uzun aradan sonra da dönmek gelmemişti içinden. Çok sonraları, terziliğin moda tasarımcılığına evirildiği günlerde kendisini hatırı sayılır paralar karşılığında tanınmış kimseleri giydirirken bulmuştu. Dikkat problemi ile baş etmesi için annesinin eline tutuşturduğu örgü şişleri hayatını kazandığı çalgılara dönüşüvermişti böylece -tasarımlarından sanat eseri diye söz ediyorlardı!

Bu ortam içinde Âşık, biraz da babasının hep saklanarak geçen gençlik günlerinin hatırasıyla siyasete mesafeli durmuş, kendisini okumaya, müziğe, sinemaya vermişti. Anne babasının büyük hayalleri, büyük hayal kırıklıkları demekti ona göre. İlk gençliği onları yargılayarak geçmişti. Birey olamamakla suçlamıştı, kimliksiz ve zevksizlikle itham etmişti! Bütün açıklamalara tıkamıştı kulaklarını. Nihayet üniversite yılları ve mezuniyet vakti gelip çattığında, anne babasının sözleri bir anlama bürünmüş, babasının kelimeleriyle, 'toprağın sesini' duymaya başlamıştı. Kendisi ne zaman, 'Ölüm döşeğinde, yapamadıklarımdan dolayı pişmanlık duymak istemiyorum ben,' dese, babası, 'Daha beteri oğlum,' derdi, ' hayattayız fakat üzerimize toprak atılıyor. Bizler bu sesi duyanlarız. Unutma, ölüm döşeği bir orta sınıf fantezisidir. Büyük kalabalıkların ölmesi beklenmez asla, canlı canlı gömülür onlar!'

Gençlik günleri, nesnesi belirsiz bir isyan duygusuyla, savrularak geçmiş, hayatın dayatmadığı maceralara meyletmişti. Rusya'yı görmek istiyordu ama ne Kızıl Meydan tetikliyordu bu isteği, ne ihtilal heyecanı. Tek sebebi, cinayetini gerçekleştirme sürecinde Raskolnikov'un bir ileri bir geri gidip geldiği köprüyü, pazar alanını, dar sokakları bulmak, edebi hazzı, iz sürme marifetiyle en yüksek noktalara çekebilmekti. Hiç âşık olmamıştı. Beraber olduğu kadınların elmacık kemikleriyle, enseleriyle, ayak bilekleriyle hastalıklı bir şekilde meşgul olmuş, kim bilir hangi hikâyede karşısına çıkmış bir karakterin, hoşa giden bir tasvirine denk gelecek birini arayıp durmuştu. Kadınlar bu durumu başlangıçta renkli buldular hiç şüphe yok ki. Fakat aklı başında olanları, kısa sürede, bu çocuğun isimlerini bile zor hatırladığını fark ettiler. Bir ara çok sayıda değişik işe girip çıkmıştı. Paraya ihtiyacı yoktu. Zaten girdiği işlerde para kazanacak kadar çalışmıyor, üç gün bir sinemada yer göstericilik yapıyorsa, beş gün bir esnaf lokantasında bulaşıkçılığı deniyordu. Böylece elini kolunu mahvetme pahasına fındık mı toplamadı, öfkeli tayfaların hışmına uğramak pahasına balıkçı teknelerine mi girmedi; inşaat ameleliği, gişe memurluğu, pavyon fedailiği, badanacılık, akla gelen her işe bulaştı. Hepsini de, gerçekten becerebilecek düzeye gelmeden bırakıp kaçtı. Söylemeye bile gerek yok ki ona bütün bu girişimlerinde yol gösteren yine edebiyattı. Yıkıcı Amerikan yazarlarının birkaç hikâyesini okumuş, yazarının kimliğine öykünmüş, yazar ve insan olarak onları birebir deneyimlemek istemişti. Neyse ki bu sürecin sonunda çocukluk arkadaşı Asi, kırıcı olmayı da göze alarak, Amerikan kopuklarının yıkıntıdan başka bir miras bırakmadıklarını, ama illa sokaklardan birini tecrübe edecekse, amelelikten kâtipliğe, mahpusluktan komünistliğe yapmadığı iş kalmamış birini, *Avare Yıllar*'ın yazarını okumasını söylemişti. Kanun kaçağı olmamış, kanuna kafa tutmuş bu adamlar hiç değilse bahanesiz kopukluğu değil, bütün yapıtları ve yapıtlarıyla kaynaşmış hayatlarıyla erdemi vasiyet ediyorlardı okurlarına. Aynı eve çıkmaları bugünlere rastlıyordu Asi'yle. Geceler boyu sohbet etmişler, belki aylar sonra Âşık, kitap okumadan, sokağa çıkmadan, kimseyi kandırmadan geçen aylardan sonra günlüğüne şöyle yazmıştı, 'Uzun bir süre en büyük mağlubiyet sandığım şey, ne garip, tek zafermiş. Annem oluyorum ben, babam oluyorum. Kürekler saplanıyor, kaldırıp atıyor derisini yerin. Mırıltılar duyuyorum, dualar okunuyor. Her biri bir avuç atmak için çıldırıyor, görüyorum. Toprağın sesi bu!'

üzgün

Üzgün'le Âşık da zaten Âşık'ın birkaç günlüğüne garsonluk yaptığı bir pilavcıda tanışmışlardı. Üzgün pilavcıya oturmuş, bir karışık istemişti. Tavuk, nohut, salata karışımı gelmişti, tadı yoktu. Önemsememişti. Derken garson Üzgün'e, masanın üzerindeki kitapları işaret ederek bir şeyler söylemişti. Üzgün hesabı ödeyip dışarı çıktığında, Âşık'ı kendisini beklerken bulmuştu.

Üzgün pilav yemeyi çok seviyordu tabii. Bu sevgide pilavcı bir aileden geliyor olmasının payı vardı mutlaka. Babası sokaklarda nohut pilav satarak okutmuştu çocuklarını. Büyük abisi hariç. O okumamış, babasına yardımcı olmuştu sokakta. Aslında pilavcılık gelenek, daha da eskiye, küçük kardeşinin büyük bir hevesle çıkardığı soy ağacına ve yaptığı hesaplamalara bakılacak olursa, 1840 yılına kadar gidiyordu. Bu tarih ciddi bir yanılsama olmalıydı. Zira ailede büyük büyük dedeleri anlatacak ihtiyarlar vardı ama ailenin izini böylesine net tarih verecek şekilde sürmek imkânsızdı. Sokakta pilav satan bir aileydi işte, herhangi bir yere kaydı düşülecek, imparatorluk görevlilerinin dikkatini çekecek bir iş değildi sonuçta. Tek bilinen, artık hangi büyük ne vakit başlattıysa, kuşaklardır pilav yapıp satan bir aile olduklarıydı. Kurtuluştan sonra dedelerden biri cesaret edip, seyyar satıcılık işine bir son vermek istemiş de bütün birikimlerini yatırıp Pera'da bir yer almış kendisine. Hâlâ anlatılır 'Pilavcı Vehbi ve Familyası.' Fakat çok geçmeden, meselenin pilav yemek değil, seyyar pilavcıda karın doyurmak olduğunu, kendisi sinek avlarken, seyyar dostlarının gayet güzel iş yaptığını fark etmiş. O günden sonra lokanta açmaya girişen çıkmamış ailede. Nihayet, geleneği sürdürecek son kişi bile olsa, Üzgün pilav satmamaya yemin etmişti: Bu iş insanı pirinç konusunda bir uzmana, tanelerin tabiatına vakıf bir ermişe çevirebilir. Ne var ki bu olmadı. Ailemizden pirinç odaklı bir felsefe doğmadı, kırklara karışan çıkmadı. Pilavlar yapıldı, satılan satıldı, kalanı mahallenin çocuklarıyla beraber afiyetle yendi. Daha ilerisi yok.

Âşık'la Üzgün iyi arkadaş oldular. Kısa süre sonra Asi de tanıdı Üzgün'ü.

asi

Tanışalı belki birkaç dakika olmuştu ki Asi, Üzgün'e,

"Vasiyetini hazırladın mı?" diye sordu.

Üzgün bu saldırgan soruya çok da şaşırmadı.

"Neden hazırlayacakmışım vasiyetimi?" diye karşılık verdi yalnızca.

Asi,

"Seni öldürebilirim, her an ölebilirsin!" dedi.

Üzgün üstünde durmamıştı fazla, ölümü, kendisinin de, ah ne çare, bir gün öleceğine dair karamsar yakınmalarla değil, bedenin trajik kaderi olarak algılamış, ötesiyle ilgilenmemişti. Asi'nin derdiyse bambaşkaydı. O daha sekiz yaşındayken ilk vasiyetini kaleme almıştı: Annemi babama bırakıyorum, babamı anneme; kovboy tabancamı kıracağım, onu kimseye bırakamam! O günden sonra bu vasiyet yazma tutkusundan vazgeçmemiş, her yeni durum, bırakılacak ya da korunacak her yeni varlıkla birlikte vasiyeti de çocukluk günlerinin ciddiyetinden uzaklaşmış, daha ziyade edebi metinlere, kişisel muhasebesini tuttuğu şiirsel denemelere dönüşmüştü: bisikletinin selesini kardeşine, köprücük kemiğini, doğduğundan beri onları öpmelere doyamayan annesine, iç sıkıntılarını babasına, isyan duygusunu üniversite öğrencilerine, parmak izini polise, uykusuz gecelerini bir zalime, tarihi bilime, bilimi yoksul çocuklarına...

İlaç kutuları, kartpostallar, iri puntolu gazete manşetleri, kitap sırtları, renkli tabelalar, panolar, tedirgin harfleriyle illegal duvar yazıları, camekânlar okumayı sökmüş her çocuk gibi onun da ilk metinlerine ev sahipliği yapan birer doğal fiş defteriydiler. Harfleri öğrenmişti. Böylece zaten hep gözünün önünde bulunan bu çizgiler sihirli bir el değmiş gibi canlanmaya, kendisiyle konuşmaya başlamışlardı. Okumaya, not almaya, yazı yazmaya yönelik merakı, yokuş aşağı yol alan bir araba gibi gittikçe ivme kazanmıştı. Verili şekliyle kabul etmeyen, sorgulayan kişiliği ile çocukluğundan itibaren ayırt edilir olmuştu. Bakış açısındaki farklılığı yetiştirilişine bağlıyordu. Gerçekten hatırlıyor muydu, yoksa bütün hatırladığı kendisine anlatılanlar mıydı bilinmez ama bir yaşındayken, babasının kendisini ayaklarından elbise askısına astığından emindi. İşkence niyetiyle yapılmamıştı bu tabii, en sevdiği oyundu Asi'nin! Böylece tüm nesneleri yeniden görebiliyordu. Kurcalamasına, yerlerini değiştirmesine, çekip çıkarmasına, kırıp dökmesine müsaade edilmeyen ne varsa darmadağın oluyordu. Disiplinin bittiği yerdi o elbise askısı. Salonun orta yerine itinayla yerleştirilmiş o ahşap masa ve sekiz sandalyesi korumasız kalıyor, havalanıyorlardı işte; ıslak ayaklarıyla basamayacağı, üzerinde kayıp yıpratamayacağı halı havadaydı artık uçuyordu; ayakkabılar, perdeler uçuyordu. Görünenin aldatıcılığına dair fikir o günlerden emanetti kendisine. Yine de, zihninin çözümleyici pırıltıları, anlaşılmaz biri olarak damgalanmasına, akranlarıyla aynı şeylerden zevk alamayıp, üniversite yıllarına dek neredeyse aksi bir ucube gibi görünmesine yol açmıştı sonraları. Ortaokul yıllarında söz gelimi, okudukları yabancı klasiklerde karşılaştıkları 'Türk halısı', 'Türk kahvesi', 'Konstantinopol' ifadeleriyle heyecanlanan arkadaşlarına, bütün bu alıntıların doğuyu kalıba döken statik bir zihnin fantezileri olduğunu söyleyecek kadar tatsız bir doğrucuydu. Lise yıllarında ise artık anlaşılmak derdi gütmeden, neredeyse saldırgan bir üslup benimsemişti. Din kültürü ve ahlak bilgisi dersinde, kendisini örnek vererek, insan, ancak tanrının altından kalkabileceği kadar karmaşık, olağanüstü bir tasarımdır, demekle tanrının varlığını ispata soyunan öğretmenine, disiplin soruşturması geçirip, uzaklaştırma alma pahasına, "Tanrının en iyi işi sizseniz, tanrı yeteneksiz demektir; yok siz ıskarta iseniz tanrı adaletsiz demektir; son tahlilde sizin varlığınız tanrının varlığını ispatlıyorsa tapındığımız yaratıcı bir hayli zevksiz demektir," diyecek, ödülü ise liseyi bir yıl fazladan okumak olacaktı.

Nihayet kendisini müzik aletlerinin sihrine kaptırdığında üniversite birinci sınıftaydı. Gitar çalmaya başladığında, akılla mantıkla kendini nice paraladığını fark etmiş, bu görünmeyen sanata, ruhun resmi dediği müziğe adeta âşık olmuştu. Üzgün'le ve Âşık'la örtüştükleri noktalardan bir de buydu. Uykusuz günler geçirebilir, bir şarkı için divane olabilirlerdi.

15

Mehmet Cemil yağmuru umursamıyor. Halı dokuyan kızların ince parmaklarına benzetiyor uzun damlaları. Çılgınların, kızgınların ve hesapsızların saçlarına giren, bir derin iz bırakan parmaklar! Şemsiyesiz filan, ağır adımlarla yürümüş, Sevinç'le biraz laflamak umuduyla kitapçıya kadar gelmişti. Aklı yol boyu Zeki Beyin gösterdiği fotoğraflardaydı. Servet Sönmez'in evinden aldığı ajandadan çıkan gazete kesiklerinde dikkate değer bir ayrıntı seçmişti Zeki Bey. Fotoğrafların çoğu kalabalık seyirci grubunu, tanıkları filan gösteriyordu. Fakat davanın belli bir aşamasından sonra fotoğraflardaki kişiler hep değişse de, bir kişinin her fotoğrafta bulunduğunu görmüştü. Bir kadın. Kimsenin fark etmediği, aslında kimseyi de umursamayan, huzursuz bir hali vardı. Kimin nesi olduğuna dair hiçbir bilgi yoktu gazetelerde. Zeki Bey, Mehmet Cemil'den bu kadının izini sürmesini istemişti. Daha yakın tarihli duruşmalara ait fotoğraflar bulup kontrol etmesi gerekiyordu. Kadın, davanın zamanaşımından düşürülmesine karar verildiği son celseye dek duruşmaları izlemiş miydi? Eğer öyleyse, son halini gösteren bir fotoğrafa ulaşılabilir miydi? En önemlisi de onu bu davayı böylesine sıkı takip etmeye yönlendiren neydi?

Mehmet Cemil görevi anlamıştı. Bir yandan da kendisine yeni gerilimler yaratmakla meşguldü. Dava dosyasında Asi'nin babası Bora Aykul'un tanık olarak adının geçmesi, Asi ve diğerleriyle konuştuğunda açıklığa kavuşmuştu. Fakat dertler burada bitmiyordu. Tesadüfler Mehmet Cemil'in kâbusu olmuştu artık. Zeki Bey, Servet Sönmez'in evinde, adamın karısına ait olmayan sarı bir saç teli bulmuştu. Bunun ardından kendisi, adı Tatyana olan şu Rus fahişeyle buluşmuştu ve kadının sarı saçlarını alelacele kızıla boyadığını son anda fark etmişti. Hani, bir Rus kadının saçlarının sarı olması yadırganmayacak bir şeydi, sorun bu saçların acemi bir çabuklukla kızıla boyanmasındaydı. Burada da bitmiyor. Asi'nin babası Bora Aykul, 'Doğruyu Söylemek' ekibinden ve bombalama dosyasında da tanık, bunu anladık, ya annesi. Evet, Asi'nin annesi, biraz süzülmüş, biraz yıllanmış ama saçlarının sarısı hâlâ göz alıcı. Etti mi üç sarışın. Şimdi de fotoğraftaki şu kadın. Sarışın gibi duruyor. Okuyup gördüklerinden hayatın hiç de karışık olmadığı sonucunu çıkarmıştı Mehmet Cemil. E, bu sarışın bolluğu neydi öyleyse! Esmer birini bulsa sorun çözülür gibi geliyordu ona. Yeni birini daha tanımaya korkuyordu. Âşık'ın annesinin saçları! Açıktı gerçi ama sarı değillerdi galiba. Sarının da tonları var tabii. Beyaza yakın görüneni de var, altın gibi şımaranı da. Hay Allah, Üzgün'ün annesi var bir de. Gerçi başı örtülüydü. Eski usul bağlıyordu saçını, kısım kısım görünüyordu. Beyazlamışlardı, yer yer kına izi seçiliyordu. Belli mi olur.

Zeki Bey'in talimatını alır almaz Beyazıt Kütüphanesi'nin yolunu tutmuş, birkaç farklı gazeteden dava ile ilgili haberleri taramıştı. Kadın kimi duruşmaları takip etmiş, kimine ya gelmemiş ya da objektiflere takılmamıştı. Kadını işaret eden, kimliğini ortaya seren hiçbir fotoğraf altı yazısı ya da bir bilgi notu yoktu. Çok önemsemediği bu bilgiyi vakit kaybetmeden Zeki Bey'le paylaştı. Ona kalsa bu tip davaları saplantılı bir şekilde takip eden birileri her zaman çıkabilirdi. Üzerinde durmaya değmezdi, en azından bu dava ile bağlantısı açısından. Hani, niçin böyle bir saplantı geliştirdikleri bir incelemeye konu edilebilirdi belki, fakat bu davayı aydınlatmaya bir yararı dokunur muydu, orası tartışılırdı. Şu eski davayı bir süreliğine de olsa unutup, cinayetlerle ilgili soruşturma dosyasına göz atmak istiyordu asıl. Savcılığın ulaştığı deliller, olguların profesyonellerce değerlendirilme şekli filan yol açıcı olabilirdi kendileri için.

Mesai saati bitmek üzereydi. Bu saatte savcılık dosyasını incelemek istemesi sıkıntı yaratabilirdi. Zaten yağmur da şiddetlenmişti. Kıyametin ortasında şemsiyesiz kalakalmıştı. Yine de ansızın beliriveren şemsiyecilerin ucuz ve adi şemsiyelerine para kaptıracak değildi. Kasketi ve pardösüsü ile yoluna devam edecekti, kaçıp korunmaya da hiç niyeti yoktu. Yalnızca bir doğa olayı değildi yağmur Mehmet Cemil için. Yağmur bir ütopya habercisiydi. Yağmurun hiç dinmediği bir dünya, dünyamızdan çok farklı olurdu. Konutlar buna göre tasarlanırdı ister istemez, yağmurdan kaçıran değil, onunla beslenen konutlar. Yollar ve sokaklar suyun hareketine göre biçimlenirdi. Toprak çamur olacaktı, diğer taraftan toz hayatımızdan büyük ölçüde çıkacaktı. Yağmurda kimse kimseyi öldürmeye yeltenmeyecekti.

Zira saçlarını, tenlerini bastırıp yatıştıran damlalar, ateşlerini de alacak, öfkelerini de dindirecekti. Savaşlar da olmayacaktı haliyle. Şakır şakır yağan yağmurun altında dikilecek bir ordu kolay kolay bir arada tutulamazdı. Savaş makineleri suya dayanamayacak, çürüyecekti. Bomba alevi fazla dayanamayacak, yangınlar çarçabuk dinecekti. İntikam kelimesi de keşfedilemeyecekti böylece. Birileri daha çok kazanmak için daha şiddetle emmeyecekti insan iliklerini. Dünyanın her kıtası eşit olacaktı, işinin uzmanı milyonlarca zerre, pırıl pırıl akan bu damla ormanı, bu çalışkan, bu sabırlı barış işçileri, bu güneşli yağmur ortada sınıf filan bırakmayacaktı! Bu küçük hayaline güldü Mehmet Cemil. Kitapçının önündeydi şimdi. İçeri girdi, Sevinç'e baktı. Arkadaşlarıyla vedalaşıyordu, dışarı çıkacaktı anlaşılan. O'na takıldı Mehmet Cemil de. Yağmura fazla dayanamayıp kendilerini bir pastaneye attılar. Sevinç'in saçları ıslanıp birbirine yapışmıştı. Gür saçları bu haliyle seyrelmiş gibi görünüyordu. Yine de güzeldi. Garson geldi, Sevinç sufle söyledi. Mehmet Cemil de aynısından. Sevinç telaşlı görünüyordu. Nedenini sordu. Aldığı yanıtla sarsıldı, oturduğu sandalyeden düşecekti neredeyse. Sevinç Fransa'da bir üniversiteye burslu olarak kabul edilmişti. Vize işlemleri de dâhil ufak tefek bütün ayrıntıları halletmişti bile. Haftaya gidiyordu. Sevinç. Yurtdışında yüksek lisans için yaptığı başvurulardan haberdardı Mehmet Cemil. Yine de gerçekleşirmiş gibi durmayan bu proje, şimdi tamamlanmış, elle tutulur hale gelmişti. Ne diyeceğini bilemedi. Yüz kaslarını denetlemekte zorlanıyordu. Güç bela, manasız bir tebessüm yerleştirdi suratına. Tebrik etti, başka ne denebilirdi ki. Abartılı bir memnuniyet sergileyecek değildi, konuşmak istemedi bunun hakkında fazla. Sonra da Fransa denince aklına başka şey gelmediğinden, birkaç hamlede,

"Godard," dedi, "Godard'ın setine gidiyorsun."

"A, evet, sahiden!"

"İyi öğren oraları. Geldiğimde bütün o filmlerin izini süreceğiz ona göre."

"Tamam, öğrenirim."

"Godard hayatta biliyorsun."

"..."

"Çılgın Pierrot'u beraber seyretmiştik, hatırlıyor musun?"

"Evet, görüntü perdeden taşmıştı, çekilmez bir seyirdi."

Mehmet Cemil, Sevinç'in kendi hikâyesini anlatmasına, heyecanını paylaşmasına fırsat vermeden, sanrıya tutulmuşçasına filmlerden bahsetmeye başladı sonra. Yeni Dalga filmlerini tek tek saydı, sahnelerden, repliklerden alıntılar yaptı. Sevinç sıkılmıştı. Gitmeye odaklanmıştı. Bu sinema muhabbeti, başka zaman fazlasıyla keyifli olabilirdi ama şu anki gündeminin tamamen dışındaydı. Aklı fikri üniversitedeydi. Mehmet Cemil ise kendini kaptırmış, anlattıkça anlatıyordu. Sevinç'in ayrılıyor olması onda küçük bir depreme yol açmıştı. Bunu belli etmemek için galiba, aklına geleni söylüyordu. Sevinç krema ve pudra şekerini, suflenin çikolatasına karıştırdı, yarısını yedi, kalanına dokunmadı. Sonra,

"Hep filmlerden mi söz edeceksin?" dedi.

Mehmet Cemil bunun, ondan duyacağı son cümle olduğunu bilse, şöyle demezdi,

"Pekala, en iyisi bir dakikalığına sessiz kalalım!"

Kırk saniye kadar sustular. Gergin sessizliği bozan Sevinç'in cep telefonu oldu. Numaraya baktı, çıkıp dışarıda konuştu. O dışarıdayken Mehmet Cemil hesabı ödedi. Sevinç geri döndüğünde hiçbir söz söylemeden üstünü giyindi, çantasını eline aldı. Hesap ödemek için para çıkardı. Garson hesabın ödendiğini işaret etti. Dışarı çıktılar, öpüştüler. Ters yöne gideceklerdi. Daha doğrusu o ne yöne giderse Mehmet Cemil de o yöne gidecekti ama Sevinç'in alelacele vedalaşmaya çalışmasından bunu istemediği anlaşılıyordu. Bir an önce gitmesi gerektiğini söyledi, ama Mehmet Cemil yanlarında dikilen seyyar satıcının, size de çıkabilir, çığlığından Sevinç'in sesini duyamadı. O arkasını dönüp gitti, Mehmet Cemil kalabalıkta yitene dek arkasından baktı. Sonra bilet satan kadına bir çeyrek bilet parası uzattı, bol şans, biletini cebine koyup, güçsüz düşmüş bacaklarını insanüstü bir çabayla sürükledi. Akşam. Asi'lere uğrayıp oradan da eve geçmeyi düşündü.

Asi evde yalnızdı. Mehmet Cemil'e kapıyı açar açmaz, gerisin geri bilgisayarın başına dönmüştü. Bir internet gazetesinin sayfasında ünlülerin yıllar önceki halleri ile şimdiki hallerini gösteren fotoğraflar bulmuştu. Anlaşılmaz bir zevkle bunlara bakıyor, her fotoğrafta şiddeti yükselen bir kahkaha koyveriyordu. Bir ara Mehmet Cemil'i de eğlencesine ortak etmek istedi. 80'lerde çekilmiş, kalabalıkların önüne fırlatıldıkları o ilk yıllara ait fotoğraflarda hepsi de şaşırmış gözlerle bakıyordu kameraya. Onların üzerine oynayan her kimse artık, işte onun direktiflerine uymaya çalıştıkları belliydi. Yüzlerindeki ifadeye yabancıydılar. Fotoğrafçının, poz verirken yaşamalarını istediği hisleri hiç bilmiyorlardı, saklama gereği bile duymadan yalan söylüyorlardı. Daha önce de yalan söylemişlerdi elbette. Ama yalan bile bir dünya görüşü ister insandan. Hiç şarap içmemiş biri kadehler konusunda kimseyi kandıramaz. Bu insanlar, bir sokak kedisinden farksızdılar, yine de kendilerinden isteneni yaptılar, sokak kedilerinin lanetini alınlarına yazıp, leopar pozu verdiler. Bugün artık gerçek bir leopar gibi görünüyorlar. Hiç şüphe yok ki bütün yaptıkları kırbaç şakırtılarından komut alıp ateş çemberlerinden atlamak. Asi bu rezalete niye gülüyordu ki! Mehmet Cemil'in huzuru kaçtı. Hemen toparlanıp evin yolunu tuttu. O çıkarken Asi bilgisayarın başından kalkmamıştı bile.

Eve geldiğinde kapının önünde kıpırtısız durdu bir süre. Anahtarını çıkardı. İşte şimdi, kendisini terk edilmiş gibi hissettiği, dostlarına yabancılaştığı şu an, evde kapıyı açacak bir başkasının olmaması ona çok değerli göründü. Anahtarla açılan kapı, ışıksız ve sessiz koridor zaman zaman bir trajedi dekoru gibi gelirdi. Kendini tutma gereği duymadan insanlığından çıkıp, kederinle bir başına yüzleşmek gerekiyordu. Yalnız olduğu için mutluydu neredeyse. İnsanları ve kalabalık sohbetleri yalnız kaldığında daha çok seviyordu hem. Yalnızlık, kalabalığa duyduğu ihtiyacı besliyordu. Doğruca mutfağa girdi. Sabah kahvaltısından kalan birkaç parça bulaşık ilişti gözüne. Hızlıca yıkadı, sepete yerleştirdi. Akşam yemeği hazırlamaya da gücü yoktu pek. Dolabında bal ve kaymak vardı biraz. Kaymağın son kullanma tarihine baktı, iki gün geçmişti. Kokladı, sorun yoktu. Küçük bir parça alıp tadına baktı. Hayır, bozulmamıştı. Ekmeğini, balını, kaymağını ve kahvesini tepsiye koyup televizyonun başına kuruldu. Alt yazılı bir film koydu. Lokmaları ağır ağır çiğneyip, lezzetine vara vara yutkunuyordu. Sevinç'in yurt dışına çıkmasına üzülmüştü üzülmesine, yine de sanki asıl duygu rahatlamaydı. Heyecan gibi, arzu gibi, aramayla, belirsizlikle eş kavramlar ne zamandır Sevinç'le tarif edilir, onun resmiyle anlatılır olmuştu zihninde. Tutku mu dediniz, beni uğraştırmayın, ben Sevinç'e tutkunum. Heyecan mı, Sevinç varken heyecan peşinde koşacak değilim! Bunu ancak şimdi, Sevinç artık burada olmayacağını söylediğinde idrak edebilmişti. Mutluluk veren nice duygu, nice insan, en az kara haller, karamsar insanlar kadar sıkboğaz edip ömrümüzü bölüyorlardı demek. Demek sevginin peşinde koşmak, sevgilinin peşinden koşmakla aynı iş değil. Sevgili, tatlı bir ölüm belki de Mehmet Cemil. Muhabbet bir dil labirenti, kim bilir! Güzel söz, güzel ruh, güzel hayal! Bilmeceden başka nedir, seni tutar. Durduğunu bilmezsin, kalmak istediğini söylersin. Hayat yasasında yazmaz mı oysa, kimse kendi isteği ile bile hürriyet arayışından geçemez, diye.

Kaymağın ve balın baskın tadıyla gözleri yarı yarıya kapanmıştı. Alt yazılarını okumadığı siyah beyaz filmindeki serseriye bu gözlerle baktı. Jean Paul Belmando, yere fırlatıyordu elindeki gazeteyi, bir şeyler çalıyor, yanlışlıkla belki, birini öldürüyordu. Kendini bu soğukkanlı serserinin yerine yerleştirip, soğumuş kahvesinden bir yudum aldı: Onunki kadar küstah gözlerle bakıp bakamayacağını hesap etmeye çalıştı. Sonra da, gaddar rollerin, yufka yürekli figüranları gibi gülümsedi ve aklından, "Şahane bir hayat, Fransızca nasıl söylenir," diye geçirdi!

16

Sırlara aşina oluyoruz orada. Parmak uçlarının iyi bildiği. Kasıklarının ezber edip, kumlu gözlerinin, kılcal damarlarının, genzinde kaynaşan tükürüğünün kıs kıs güldüğü sırlara. İnkârıyla huzur bulduğumuz nice cevher, nice bela, nice küfürle çarpışıyoruz. Hoş, inkâr zevklidir. Reddettikçe sorulsun, kovdukça başka bir köşede karşımıza dikilsin isteriz. Böylece göz kapakları perdedir, gözler kapanıp da bu perde açılır açılmaz hayalinin çubukları kımıldanmaya başlar. Bu çubukları tutan eller de bize aittir ama artık onlar bildiğimiz el sayılmazlar. Onlar da bir başka kudretin kuklası oluvermişlerdir zira. Çubuklar bir yanda o elleri oynatır beri yanda elekten dökülen un gibi dağılıp dağılıp birleşen siluetlere can verir göz perdesinde. Sen bunu ısmarlayamazsın tabii, bilet alıp da girdiğin seyirliklere benzemez. Bu, hakikatin işkencesidir. Rüyanın hakikati de budur vesselam. Zihnin dinlenir de, ışıklı bir gök ya da kırmızı yapraklı ağaçlarıyla serin korular doldurmaz her zaman perdeni. Yine de her nesneyi zevke çevirmekte mahir zihnimiz sayesinde çoğu kez biçimli kıvrımlarıyla zarif kadınlar, elleri marifetli, bakışları mağrur erkekler de hazır ve nazırdır. Uyuyan kediler güzeldir böylece rüyada, gümüş tepsilerde kristal bardaklar, onlardan yükselen kızıl çay kokuları da tabii, şehvetli öpücükler de...

Mehmet Cemil de, sokaktan gelen canhıraş bir bağırtıyla uyandığında cennet tasviri gibi bir rüyadaydı. Rüya görmek de lafın gelişi, yoksa gözün saygıdeğer hünerlerinden biri değildir rüya –görülmez, hâşâ, görmekten kaçındıklarımızın şafak baskınıdır rüyalar, gaddar yürekliler bir elma şekerinin hatırasından ter içinde uyanır döşeklerinde, başkası başka bir hikâyede sınanır yıllar boyu, her neyse. Sırılsıklam bir ağız, Tatyana'nın, ancak kıvamlı bir şerbetle kıyaslanabilecek nefis ağzı, Mehmet Cemil'in dudaklarını yangın yerine çeviriyordu. Devamı da gelecekti kuşkusuz. Kadının üstü çıplaktı, memeleri nöbete tutulmuştu adeta, sıralarını bekleyemeyecek haldeydiler. Pantolonunun düğmelerini filan çözmüştü. Eflatuna pembeye bulanmış kışkırtıcı külotu Mehmet Cemil'i çağırıyordu. Tatyana'nın insanı dermansız bırakan dudakları, onunkileri doyana dek emdikten sonra neler olacağı belliydi. Bu yüzden sokaktan gelen çığlık, dünyanın sonunu haber veriyor olsa bile Mehmet Cemil'in umurunda değildi. Odaya dolan ses şöyle diyordu,

"Canım yanıyor, canım!"

Mehmet Cemil yorganın altına girdi. Daha gün doğmamıştı. Pencere karanlıktı. Gözlerini sımsıkı yumdu ve rüyasının son anına odaklandı. Sıcak tükürüğüyle iyice ıslanmış dudakları ve sımsıkı öpüşme anını canlandırdı yeniden. Fakat devamı bir türlü gelmedi. Nihayet uzadıkça boğuculaşan birkaç dakikalık öpüşme sahnesinin ardından tadı büsbütün kaçtı Mehmet Cemil'in. Gözlerini ne kadar yumsa da rüyası, kurguladığı bu son anın bir adım ötesine geçemiyordu. Kadın silikleşmişti birdenbire. Belden aşağısı koyu bir sıvının altında kalmıştı. Yüzü bir başka tanıdığın yüzüne dönüşmüştü. Nereden tanıdığını çıkaramadığı bir erkeğin yüzüne. Gözlerini açtı, rüyada daha fazla ısrar etmek istemedi. Bu sırada dışarıdaki ses bir kez daha çınladı. Bir kadın sesiydi. Sarhoş naralarını andırıyordu. Olmayabilirdi de. Bağırmaktan sesi kısılmış, cızırtılı tek düze bir gürültüye dönüşmüştü. Hani o kadar rahatsız edici bir sesti ki, sırf bu sesi duymamak için çıkıp yardımcı olmak isteyebilirdi.

"Çok acı çekiyorum be!"

Gözlerini bir açıp bir kapıyor, yatağın içinde vurulmuş gibi çaresiz yatıyor, kalkıp pencereden bakıp bakmamayı tartışıyordu içinden. Vücudunu bir an bile kıpırdatmadan kolunu perdeye doğru uzattı. Geri çekti. Perdeyi yattığı yerden açsa bile dışarıda neler olup bittiğini görebilmek için yine de yerinden kalkması gerekiyordu. Gözleri karanlığa alışıp, kaslarına kuvvet yürüdükten sonra yatakta doğruldu.

"Gerçekten acı çekiyorum, çok kötüyüm be!"

"İçeri gir, içeri. Gir içerde acı çek. Uyuyoruz burada."

Mehmet Cemil yerinden kalkana kadar sese cevap veren yeni sesler çıkmıştı bile. Yatakta oturuyordu. Aklı rüyadaydı, önüne baktı, kasıkları basbayağı gerilmişti, rüyada feci şekilde uyarılmıştı. Çapkın bir tebessümle başını iki yana salladı,

"Şansa bak!" dedi duyulması güç bir sesle. Ayağa kalkması için bacaklarına kan gitmesini bekliyordu. Nihayet doğruldu. Pencereye gidip, perdeyi azıcık araladı. Dışarıyı görmeye çalıştı. Ses sokak tarafından değil, ortadaki bahçeye bakan beş apartmanın ortak avlusundan gelmişti. Işığı yanan iki daire gördü. Sesin nereden geldiğini anlayamadı. Bir süre baktı umursamaz gözlerle. Ayakta zor duruyordu, gözleri kapanmak üzereydi. Dönüp uzanacaktı yeniden. İçinden ona kadar sayıp perdeyi kapatacak ve bir daha kalkmamak üzere yatağa girecekti. Heyecanlı filmlerden aldığı bu taktiği uygulamaktan en olmayacak zamanlarda bile geri durmazdı. Saydığı süre içinde olacaklara bir anlam yüklediğinden değil, buradaki oyunu, bu oyundaki gerilimi sevdiğinden belki, yine saydı. Ama bu sefer çok bekletmedi onu ses, bir, uykusuna doyamamış gamsız insanların aldığı hazla derin, şahane bir nefes aldı, kendi nefesiyle mest oldu neredeyse. İki, demeye kalmadı ve kadın yeniden başladı yakınmaya,

"Neden? Neden? Neden bee..."

Yaşını ele vermeyen bir sesle bağırdı kadın. Ses yan taraftaki apartmandan geliyordu. Sesin sahibi, gerçekten de mutsuz olmalıydı. Gerçi dürüst olmak gerekirse, başta, mutsuz mu acaba, diye düşündüyse de, Mehmet Cemil'in vardığı ikinci kanaat daha isabetliydi: büyük olasılıkla sinir hastası! Derken bu sefer karşıdaki apartmanın dört ya da beşinci katında ışık yandı. Atletli bir adam, dışarı çıktı, üşümüyordu. Seçebildiği kadarıyla ellisinde filan gösteriyordu adam. Sandalye çekti, bir sigara yaktı. Birazdan karısı geldi yanına. Kavuniçi olması muhtemel bir gecelik giymişti, çirkin bir gecelik. Diğer sandalyeye de o oturdu. Bir de sigara. Çileli kadın yeniden bağırdı bu sıra,

"İçim yanıyor içim. Acı çekiyorum be!"

Karşı balkondaki adam sigarasından bir nefes aldı ve,

"Orospu!" diye höykürdü duyulacak şekilde. Karısı bir nefes aldı, sigaranın ateşi nursuz yüzünü bir anlığına aydınlattı. Kocasından geri kalmayıp, hırıltılı bir sesle,

"Uykumuza sıçtın orospu, gir içeri yat zıbar," diye bağırdı.

Sonra başka ses duyulmadı. Mehmet Cemil balkondaki karı koca için, mutsuzlar, diye düşündü. Büyük olasılıkla ikisi de sinir hastası, şeklinde bir uzman teşhisi koydu hatta, mutsuzlar ama acı çekmiyorlar. Yardıma ihtiyacı olan asıl bu ikisi işte!

Yatağına döndü, gözlerini yumdu. Sonra, görsel anlatılardan öğrendiği bir refleks ya da tepkimeyle ansızın sonuna dek açtı iki gözünü de. Az önce gördüğü rüyayı anımsamıştı. Gerçi unuttuğu filan yoktu tabii. Anımsadığı, daha doğru bir deyişle algıladığı, rüyasına giren, orayı dağıtan, orada soluğu sam yeline rahmet okutan kadını tanıdı: Tatyana'nın Tatyana olduğunu şimdi idrak edebiliyordu. Elbette kimse inkâr edemez ki, rüyada gördüklerimizi ne zaman idrak edersek onlar ancak o zaman gerçek anlamda görülmüş sayılırlar, unutulan rüya görülmüş de sayılmaz o vakit. Peki ne işi vardı Tatyana'nın rüyasında. Kendine bu soruyu sorduğunda bir cevap beklemiyordu elbette. Yine de –Freud bu anı görmeliydi- Mehmet Cemil, Tatyana'nın rüyasında ne aradığını kendi kendine henüz sormuştu ki cep telefonuna gelen mesajla yatağından fırladı. Hızla açıp okudu mesajı,

"Mehmet Bey, ben Tatyana, uygun olduğunuzda beni arayabilir misiniz?" yazıyordu.

Mehmet Cemil bu heyecanın üzerine uyuyamazdı. Masa lambasını yaktı. Yüzünü yıkadı, çay koydu. Mesajı tekrar tekrar okudu.

Sabah ışıkları belirir belirmez kendini dışarı attı. Gür saçları da kafası gibi karmakarışıktı. Aynaya bakmadan dişlerini fırçalamış, suyun soğuğunu hissetmemişti. Ne musluğu ne lavaboyu görmüş, herhalde kurulanmış ama elbet havlunun nemini algılayamamıştı. Müthiş bir sis vardı. Kolunu öne doğru uzatmıştı ama nafile, parmaklarını bile seçememişti. Bu tekinsiz hava hoşuna gitti. Olasılıkların hayatın gerçek yüzüne dönüştüğü böyle havalara bayılırdı. Böylece hazırlıksız, belirsiz, güvencesiz bir hayat, kısa sürse bile, ölçülü günlere yenilse bile zihnini açıyordu. Bununla da kalmıyordu hem, ciğerleri hava ile dolup taşıyor, kanında bir heyecan bu havayı hızla ayrıştırıp vücudunun en hatırsız diyarlarına dek koşturuyordu. Herkesin ölüm dediğine yaşam diyordu o zaman Mehmet Cemil, herkesin yaşam dediğine temkinle yaklaşıyordu. Yazılıp da sanki üstünkörü silinmiş hesaplar okunur oluyor, sayılamayacak çoklukta olasılık siste hayat buluyordu. Akla sığmayacak, hayali kurulamayacak tuhaflıkta varsayımları, beyninin hırpani dedektiflerden miras koyu gri kıvrımlarına, ilmiği çeken bir tığ gibi işliyordu, işliyordu sis! Sis gözümüze sokulanların üzerine bir perde çekiyor, mütevazı hakikatlerin ışığını parlatıyordu.

Önceki akşam avukat Zeki Bey aramış, Servet Sönmez'in üzerinde bulduğu sarı ve uzun saçla, Mehmet Cemil'in Tatyana'dan almış olduğu saç telinin birbirlerini tutmadığının anlaşıldığını bildirmişti. Tatyana'nın Servet Sönmez'le ilişkisinin olduğu kesindi. Fakat Servet Sönmez'in üzerinde bulunan saç teli bir başkasına ait çıkmıştı. Bu Tatyana'nın zanlı listesindeki kaydının silinmesini gerektirecekti. Saç bir başkasına aitti çünkü. Gerçi, saçın sahibi, bu kimsesiz cinayetin de sahibidir gibi bir denklem net olarak kurulamamıştı henüz. Yine de, Tatyana üzerindeki şüphe bulutlarını biraz olsun dağıtıyordu bu durum. Diğer taraftan hakkında hiçbir bilgilerinin olmadığı yeni birini getiriyordu gündeme.

Sabah Tatyana'dan gelen mesajın sebebini merak ediyordu etmesine. Yine de bu konuda acele etmeme kararı aldı. İlk iş adliyeye gidip savcılık dosyasında neler var bir bakmak istiyordu.

Sis yavaş yavaş dağılıyordu. Kemiklerinin sızladığını hissetti. Tıkış tıkış bir dolmuşa bindi. Dura kalka ilerleyen dolmuşta ayakta kalmaya çalışırken bir yandan da nemin bedeninde yarattığı sıkıntıyla uğraşıyordu. Dolmuş adliyeye vardığında yukarıda mat bir güneş belirmişti bile. Hiç yoktan iyidir diye düşünerek adliyenin bahçesinde, sıcak betona gövdelerini seren geçkin köpekler gibi güneşlendi biraz. İçi ısındı, ağrıları dindi az da olsa.

Bir gün içinde işlenen üç cinayet ve maktulleri birbirine bağlayan mazi, davayı ister istemez gündeme getiriyor, kamuoyunun dikkatini çekiyordu. Klasik bir seri katil hikâyesi değildi. Zira üç cinayet de aynı gün gerçekleşmiş, bunları izleyen başkaca bir vaka kaydedilmemişti. Basın bir süre ilgilendi davayla. Televizyonda haber yapılırken çok bilinen bazı seri katil filmlerinden sahneler gösterip olayı dramatize ettiler. Popüler tarih yazarları gazetelerinde yabancı emsallerini filan yazdılar. Osmanlı'da da buna yakın bir katlin bulunduğunu yazdı bir başkası. Yine de bir haftanın sonunda Mehmet Cemil'i şaşırtacak kadar tuhaf bir şekilde, olayla ilgili tüm haberler kesiliverdi. Birkaç küçük televizyon kanalı, yüzeysel birkaç haber yaptı, gazetelerde de hızla üçüncü sayfanın kenarlarına itiliverdi. Basının ilgisini bu kadar çabuk yitirmesini yadırgamıştı Mehmet Cemil.

Dosya önüne geldiğinde şaşırdı. Bir hayli ince bir dosyaydı. Böylesi bir davada araştırma yapılmamış olması, yazışmalar, talimatlar olmaması düşünülemezdi. Kapağını kaldırınca anladı, Ankara'ya ve Çorum'a yazılan talimat cevapları henüz dönmemişti. Soruşturma safhası devam etmekteydi. Mevcut haliyle bile dosya yeterince ilginç detaylarla doluydu yine de. Savcının emniyetle yazışmalarından, sabıka arşiv kayıtlarından filan maktullerin açık kimlikleri ortaya çıkarılmıştı bile. Servet Sönmez, Serkan Şeker, Rahim Zorlu takma isimleri değildi maktullerin. Ama görünen o ki, üçü de isim tashihi davası açmış, isimlerini değiştirmişlerdi. Bundan önceki isimleri, asıl isimleri 80 darbesi döneminde görülen bombalama davasındaki zanlılar olduklarını ortaya koyuyordu. Yargılamadan kaçmak için, isimlerini değiştirmişlerdi. İsim değiştirme davalarına bakan mahkemelerin şahıslar hakkında zamanın savcılarına bilgi vermemeleri, düpedüz yataklık etmekti ama bu teferruat gibi duruyordu şimdi.

Sonuçta üç ölünün de eski bir davanın üç zanlısı oldukları netlik kazanmıştı. Bu durum ölümlerinin arkasında bu davanın aranmasını kaçınılmaz kılıyordu. Dosyayı inceledikçe daha ilgi çekici ayrıntılarla karşılaştı Mehmet Cemil.

Servet Sönmez'in eşinin beyanı alınmıştı. Cinayetin sebebi ile ilgili hiçbir öngörüsü yoktu kadının. Şüphelendiği herhangi biri, bir düşman, karanlık bir ilişki! Hiçbir bilgi veremiyordu. İşin aslı, kadın kocası hakkında öyle az şey biliyordu ki, savcılar adamın gerçek adını, gıyabında yargılandığı bombalama davasını, Kameriye kod adlı Rus kadını ile ilişkisini sorduğunda, kadın bütün bu anlatılanların kocası ile nasıl bir ilgisi olduğunu anlayamamıştı. Kocasını gerçek kimliği ile orada, savcının masasının üzerindeki dosyada tanımıştı. Kırk beş dakikalık boğucu bir sorgunun ardından savcının odasını terk ettiğinde, kocasını teşhis edemeyecek kadar sarsılmıştı. Öğrendikleriyle şaşkın, derin bir hayal kırıklığı içinde adliyeden çıkmıştı. Birkaç gün içinde kocası, birlikte durdukları fotoğraflardan silinmiş, mazide durmadan akan buğulu görüntülerden çıkarılmıştı. Aslında fotoğraflarda gözünü kaçırdığı kendisiydi, onu bahanesi olmayan bir utanca sürükleyen kendi suratıydı daha çok. Gülüşmelerini anımsadıkça kendi sesine kapıyordu kulaklarını. Bir naylonu sevmişti. O naylonla banklara oturmuş, stadyumlarda maç izlemişti. Onunla sevişmişti. Zevk almıştı. Bütün hayatını köhne bir lunaparkın paslanmış korku tüneline çeviren bu kirli bilgiden, bu çamurlu hatıralar yığınından kendisini bir çırpıda çekip çıkarır umuduyla gözlerini oymayı ciddi ciddi düşündü kadın. Bu ışık kararır, bu cam kırılırsa, yine anımsayacak, yine işitecekti ama yüzü daha az kızaracaktı hiç değilse. Kocasının hiçbir suçu, kendi inanmışlığı kadar etkilemedi kadını. Nihayet, kandırılmak insanı mutsuz eder ama kanmış, aldanmış olmak kadim bir sızıyı açığa çıkarır. Yine de, toprağın, taşın, çakılın, güvercinlerin ve sığırcıkların, çocukların, yeşil yaprakların saadetini isteyen insan, bir taşın, bir kuşun, bir ağacın yüzü suyu hürmetine kanmalı, aldanmalıdır. Ne katı, ne tılsımsız ne beladır kandırılamayan, saldırıya, tehlikeye, yalana hazırlıklı insan. Ne pahasına olursa olsun iyiliği, bedeli neyle ödenirse ödensin sevmeyi yegâne cümle bilen için ağır, açıklanamaz bir sıkıntıdır böyleleri, hep kurmuş hep kandırmıştır zira. Bu dert, bu kadim sızı, nerene girdiğini bilemediğin bir bıçak gibi orada durur ama görünmez. İçinde deşmedik organ bırakmaz da sen bir avuç su yüzüne çarptığında, aklı başından uçmuş bir genç aşığın denetimsiz gözlerini fark ettiğinde unutmaya razı olursun etine saplanmış bu düşman kılıcını. Ta ki süt yerine kin içmiş, ekmeği şüpheyle mayalanmış bir arkadaş, bir koca, bir evlat bıçağı yerinden oynatana, akılsızlığını suratına aşkedene dek.

Tabii, kadın bu hikâyede trajediyle yüzleşen ne ilk kişiydi ne de son. Açıkçası istemeden maskesi oluverdiği mutsuzlukları düşünecek olursak, trajedi toplamını karakter sayısına oranladığımızda, hikâyenin şanslılarından bile sayılabilirdi. Bu nedenle Mehmet Cemil kadının insanda ürperti yaratan pozisyonuna daha fazla vakit ayırmak istemedi. Ayırt edici diğer iki ifade tutanağı Asi'nin babası Bora Aykul ile Rus harikası Tatyana'ya aitti.

Tatyana'nın kimliğine polisin de ulaşmış olması sürpriz değildi. Bir kere maktullerin hepsinin üzerinde numarasına rastlanmıştı. Üstelik esrarengiz bir tarafı da yok değildi. Bir parola gibi, kapalı devre konuşulan özel bir dilin sol anahtarı gibi, tutmuşlar, bu fettan fahişeye Kameriye adını uygun görmüşlerdi. Telefon numarası bir yana, Tatyana'nın emniyette kaydı olmadan Türkiye'de çalıştığını düşünmek safdillik olurdu. Bütün şüpheleri üzerine toplayan bu kadını polisin öncelikli olarak ziyaret etmiş olması normaldi. Emniyette ifadesi alınmış, oradan doğruca savcının karşısına çıkarılmıştı. Savcılık kuvvetli suç şüphesi, delillerin karartılması ihtimali gibi ezberden gerekçelerle tutuklanmasını istemişse de, çıkarıldığı Nöbetçi Sulh Ceza Mahkemesi kadının, açık şekilde ispatlayabildiği üzere cinayetlerin işlendiği yirmi dört saatlik zaman dilimi içerisinde evinden neredeyse hiç çıkmadığı kanaatine varmış, tutuklama talebini reddetmişti: kadın, o sırada müşterilerini memnun etmekle meşguldü ve eğer istenirse tanınmış birkaç bürokratın adını vermekte tereddüt etmezdi!

Savcılık ifadesi olabildiğince yalındı Tatyana'nın. Savcı dönüp dönüp aynı soruları sormuş, Tatyana gayet tutarlı bir şekilde yanıtlamıştı tüm soruları. Mehmet Cemil, kadının kelimelerine sinmiş cinsel imaları, zekâ dolu ayrıntıları da atlamadan ifade tutanağını satır satır okudu.

SORU

Kaç yıldır Türkiye'desiniz?

TATYANA

Kısa aralıklarla Rusya'ya gidip geliyordum. Toplamda dört yıl oldu sanırım.

SORU

Ne iş yapıyorsunuz?

TATYANA

Öğrenciyim.

SORU

Servet Sönmez, Serkan Şeker ve Rahim Zorlu'yu nereden tanıyorsunuz?

TATYANA

Servet Sönmez arkadaşımdır. Diğerlerini onun vesilesiyle tanıdım. Zaman zaman evime gelirlerdi.

SORU

Servet Sönmez'le nasıl bir arkadaşlığınız vardı?

TATYANA

Sevgiliydik.

SORU

Evli olduğunu biliyor muydunuz?

TATYANA

Evet.

SORU

Evli olduğunu bile bile neden birlikte oldunuz?

TATYANA

Evli olduğunu bile bile benimle birlikte olmak isteyen kendisiydi.

SORU

Boşanmasını istediniz mi karısından?

TATYANA

Hayır, karısını seviyordu.

SORU

Servet Sönmez'i seviyor muydunuz?

TATYANA,

...

SORU

İlişkinizin boyutu neydi?

TATYANA

Bilmiyorum, düşünmedim.

SORU

Paranıza bakıyordunuz yani.

TATYANA,

...

SORU

Servet Sönmez ve adını söylediğim diğer iki kişi öldürüldüler. Bu konuda neler biliyorsunuz?

TATYANA

Hiçbir şey.

SORU

Size anlattığı, size tuhaf gelen bir hikâye, bir isim ya da aklınıza gelen herhangi bir şey var mı?

TATYANA

Benimle konuşmazdı.

Tatyana kısa ve mesafeli yanıtlarıyla savcının bütün yollarını tıkamış, savcı ifadenin ilerleyen aşamalarında sorularını farklı biçimlerde yinelese de Tatyana'nın ağzından çelişkili bir beyan alamamıştı.

Bora Aykul ise cinayetlerle doğrudan değilse de dolaylı olarak bağı kurulan şüphelilerdendi. Basit bir mantıkla, intikam duygusunun baskın çıkıp, onu cinayet işlemeye yönelttiği kurgulanabilirdi. Mağduru ve müştekisi olduğu davanın zanlılarını öldürdüğü şüphesi ile sabaha karşı ansızın evi basılmış, eşyaları şöyle bir elden geçirilmiş, kimi kitaplara, fotoğraf albümlerine, dosya ve defterlere, bilgisayarına filan el konulmuştu. Kendisi de yaka paça emniyete götürülmüş, sekiz on saatlik bir nezaret keyfinden sonra ifadesi alınmış, yaklaşık on iki saatlik bir mola daha verilip savcının karşısına çıkarılmıştı. Hiç şüphe yok ki Bora Aykul akıllı bir adamdı. Savcı ne sorduysa gayet uyanık bir zihinle yanıtlamıştı onu. Çok söylemek hataya düşürür. Bu nedenle, savcı sözgelimi,

- Adınız? diye sorduğunda,

- Bora, demişti yalnızca, soyadı sorulmamıştı zira!

Böylece ne savcıya sorgulanacak yeni alanlar yaratmış ne de onu yanıtsız bırakmıştı. Bora Aykul açısından durum çok netti. Bu üç şahıs suçluydular. Adalet mekanizması, iplerini siyasetin kirli ellerine kaptırmıştı. Ödedikleri yegâne bedel ana babalarının verdiği isimlerden sıyrılmak olan bu insanlar salına salına aramızda dolaşmışlardı –belki çarpışmıştık biriyle iş çıkışı kalabalığında otobüse yetişmek isterken, dikkatsizliğimiz için özür dilemiş bile olabilirdik. Üzerinden geçen uzun yıllardan sonra, yüzlerce celse, sayfalarca zabıt, emekli olan kâtipler, mübaşirler, savcılar ve hâkimlerden sonra sonuçlanmadan rafa kaldırılan bir dosyanın hesabını görmekle mi suçlanıyordu şimdi?

- Bu servis edilemeyecek kadar soğuk bir intikam olurdu savcı bey! Hem bu davada benim payıma intikam düşmez. Ben hafif yaralı olarak kurtulmuştum, bilmiyor olabilirsiniz! Ölen çocukla herhangi bir ilgim yoktu.

'Ölen çocuk!' Mehmet Cemil bunu atlamış olmalıydı. İddianameyi didik didik etmişti oysa. Demek '*Doğruyu Söylemek*' grubunun bombalanması ile ilgili davada bir de ölüm vardı. Büroya döner dönmez incelemek üzere bir kenara notunu aldı.

Bora Aykul'un sorgusu çok sayıda ayrıntı ile dolu olmasına rağmen cinayetlerle ilgili hiçbir somut bilgi içermiyordu. Yine de savcı tutuklanmasını istemişti. Sebebiyse, sorguda nasılsa herhangi bir soruya konu edilmemiş bazı notlardı. Bora Aykul'un el konulan özel eşyalarının hiçbirinden davayla bağlantılı bir belgeye rastlanılmamıştı. Yalnızca bilgisayarındaki bir klasör şüphe uyandırıyordu. Klasörün adı, 'adresler' şeklinde kaydedilmişti. İçinde ise öldürülen üç şahsın adresleri yazıyordu. Şahısların son ikametgâhları hariç, yıllar içinde oturmuş oldukları bütün adresleri ayrıntılı olarak bu klasöre kaydedilmişti. Savcı da işte bu klasörün, Bora Aykul'un maktulleri takip ettiğine, dahası öldürülmelerinde rol oynamış olabileceğine dair önemli bir kanıt olduğunu düşündüğünden tutuklanmasını istemişti.

Sorgu yargıcının karşısına çıktığında Bora Aykul olabildiğince rahattı. Yargıç, tutuklanma istemine dayanak oluşturan belgeyi sormuş, bunun bilgisayarında ne aradığını açıklamasını istemişti. Aslında belli ki bu belge yargıç açısından da ikna edici bir delildi. Bora Aykul, maktullerin bundan yaklaşık yirmi beş yıl önce kendisini ve arkadaşlarını öldürmeye kastettiğini, kendilerinin yaralı olarak kurtuldukları bu saldırıda bir çocuğun ölümüne sebebiyet verildiğini, her ne kadar bütün organlarını seferber etse de kolluk güçlerinin zanlıları yakalayamadığını, doğal olarak kendisinin ve avukatının da adalete yardımcı olmak adına canilerin adreslerini tespit etmek için çabaladığını, buldukları adresleri vakit kaybetmeksizin gerek dava dosyasına gerekse polise bildirdiklerini bir çırpıda anlatmıştı. Bilgisayarında bulunan adresler dava dosyasında da polis kayıtlarında da vardı kısacası. Bir başka deyişle, müdahil olduğu davanın sanıklarının ad ve adreslerini bir köşeye kaydetmişti evet, evet ama adalete yardımcı olmak ne zamandan beri suç sayılıyordu?

Yargıç Bora Aykul'un savunmasını yeterli bulmuş, tutuklama talebini reddetmişti.

Mehmet Cemil, bütün açıklamalarına rağmen, Bora Aykul'un ayrıntılı adreslere ulaşmış olmasını ilgi çekici bulmuştu. Not defterine bunu da yazdı.

17

Konukları kapıyı çaldığında avukat Zeki Bey, koltuğunda arkaya doğru iyice yaslanmış, bakışlarını tavanda bir noktaya sabitlemişti. Bilgisayarından tempolu olmasına rağmen, adeta dertlilere teselli vermeye çalışan, basbayağı merhametli bir keman sesi işitiliyordu. Pürüzsüz bir sesti, klasik bir hikâyeyi anlatır gibiydi. Biri birini sevmiş, istediğinde kavuşamamış da kavuştuğunda gözünde fer, avucunda ter kalmamış; yoksulun biri aza kanaat etmiş; açgözlü yalnız kalmış, mutlu olmayı bilememiş... Düzenli melodiler, odaya dolan iyi hikâyeler yüzünden dalıp gitmişti Zeki Bey. Konukları kapıyı bir daha çaldı, bu sefer duydu kapı sesini. Hiç de acele etmeden kalkıp açtı. Gelenlerden biri Bora Aykul'du, diğeri ellilerinde gösteren, ak düşmüş sarı saçları, yuvarlak çerçeveli, kolormatik gözlükleriyle, zayıf, havalı bir kadındı. Onu ilk kez görüyordu. Gelenleri yerlerine aldı, kendisi de koltuğuna geçti yeniden. Müziği kapatmaya içi elvermedi, sesini kıstı yalnızca. Böylece, kendi hikâyeleri ne olursa olsun, kemanın hikâyesinden de kopmamış oldular. Oysa ne gelenler bu sesi duyuyorlardı, ne de bu edebi, çokça manalı mizansen Zeki Bey'in umurundaydı!

Zeki Bey aklına gelir gelmez yerinden kalktı ve konukları için birer fincan çay koydu. Yeniden koltuğuna döndü. Derin bir soluk aldı. Aklı başka bir yerdeymiş gibi görünüyordu. Bora Aykul söze girecek oldu, Zeki Bey aynı anda ikisine birden,

"Aslına bakarsanız, burada olmanızı uygun bulmuyorum. Kusura bakmayın, sizi çağıran benim. Ama Servet Sönmez'in eşi hanımefendi davaya katılma talebi olmadığını beyan etmiş ve davayı takip etmek istemediğini bildirmiş bulunuyor. Bora dostum, sizi gayet iyi anladığımı sanıyorum. Telefonda söylediklerinizden sonra konu benim açımdan tamamen aydınlanmış bulunuyor. Bu nedenle hanımefendinin kimliğine ve burada bulunma sebebine girmek istemiyorum. Bu davayla bir bağım kalmamıştır. Doğrusu vicdanımla boğuşmak zorunda kalacağım daha fazla ayrıntı bilmek istemediğime de eminim. Anlayışla karşılayacağınızı umuyorum," dedi.

Bora Aykul, ağır hareketlerle fincanındaki çayı karıştıran sarışın kadına baktı. Ellerini önünde kavuşturmuştu. Parmakları birbirine girdi. Başparmağı diğer elinin üstünü okşuyordu.

"Davadan çekildiniz mi yani?" diye sordu.

Zeki Beyin kulağı müzikte, doğu hikâyeleri anlatan batılı çalgının, içine dert düşüren nağmelerindeydi, onun için hemen yanıtlamadı soruyu. Bir yandan da hâlâ inatla çayıyla oynayan kadının hareketlerini seyrediyordu. Başını bir an bile kıpırdatmadan,

"Evet, öyle de denebilir. Profesyonel olarak ilgilenmiyorum artık davayla," dedi.

Kadın ayağa kalktı, tek kelime etmeden kapıya yöneldi. Zeki Bey sesini çıkarmadı. Bora Aykul kadını durduracak oldu ama boşuna. Dönüp Zeki Bey'in elini sıktı, kadının peşi sıra koşturdu. Zeki Bey de ayağa kalkmış, olup biteni seyrediyordu. Ne kadını durdurmaya çalıştı ne de arkalarından tek kelime laf edebildi. Müzik de odadaki gerilime ayak uydurmuştu sanki. Kemanın hikâyesi bu sıra en kıvançlı sözünü ediyordu işte. Öyle, saraylının sıkıntılarına ortak etmiyordu dinleyicisini hem; tam tersine, yoksulların çalışmaktan, bitap düşmekten arta kalan vakitlerine bir de mutlu olmayı sığdırabilmelerine methiyeler düzüyordu. Arkalarından kapıyı kapattığında, sanki hikâyesi hiç kesilmemiş gibi koltuğuna kuruldu ve bakışlarını tavandaki aynı noktaya çevirdi.

Bora Aykul nefes nefese aşağı indiğinde kadın bir sigara yakmış onu bekliyordu.

O SIRADA MEHMET CEMİL,

girişteki börekçiden paket yaptırdığı su böreği ile yanlarında belirdi. Bora Aykul, koluna giren kadınla ağır ağır uzaklaşırken,

"Zeki Bey'in yanına uğramıştık Mehmetçiğim, görüşürüz sonra," dedi sadece. Mehmet Cemil pek bir anlam veremediği bu ikilinin arkasından baktı biraz, aklı fikri su böreğindeydi, fazla oyalanmadan ofise çıktı. Çok acıkmamıştı aslında, belki bir bardak su içse idare edecekti ama börekçinin önünden geçerken ağzının suyu akmış, karar vermesi uzun sürmemişti. Zeki Bey'in odasına kafasını uzatıp baktı, geldiğinden haberi olsun istemişti. Zeki Bey koltuğunda kaykılmış, müziğin esiri olmuştu iyice, kapıyı ses çıkarmamaya dikkat ederek kapadı ve su böreğine döndü. Yavaş yavaş yemek, lokmaları uzun uzun çiğnemek gerekiyordu değil mi? Düşünecek durumda değildi böyle şeyleri. Şu anda ağzıyla düşünüyordu. Dili, dişleri, içeri çekmeye, ezip öğütmeye odaklanmıştı. Yeme hızı, sona yaklaştıkça yavaşlamıştı, yine de göz açıp kapayıncaya kadar bitirdi yemeğini. Şimdi böreğin verdiği ağırlığın dinmesini bekleyecekti. Hünerle yoğrulmuş hamur vücudunu basbayağı yormuş, o ağırlıkla tatlı bir uyku bastırmıştı. Ofisteki genel havaya uydu ve koltuğuna olabildiğince yaslanıp gözlerini yumdu. Doğrusu hiçbir şey düşünemiyordu. Oysa sindirim sisteminin yediklerini yerine yerleştirmek için ondan istediği süre fazlasıyla kıymetliydi. Birkaç saat önce Tatyana ile tuhaf bir görüşme yapmıştı. Araya börek yeme ve bütün iktidarı midesine bırakma faslı girmeseydi bu görüşmenin üzerine kapıda karşılaştığı Bora Aykul ve adsız sarışını rahatlıkla yerleştirebilecekti. Uygun kelime için aylarını veren yaratıcı gibi bekleyecekti şimdi yemek borusundan midesine yol alan su böreğinin hazmedilmesini.

Tatyana'nın mesajından sonra soluğu adliyede almış, dava dosyasını gözden geçirmişti. Orada işini bitirdikten sonra Tatyana'yı arayıp görüşebileceklerini söylemiş, bir saat sonrasına randevulaşmışlardı. Tatyana onu alışveriş merkezi dedikleri yerlerden birinde bekleyecekti. Buraları pek sevmiyordu Mehmet Cemil. Vücuduna elektrik yükleniyordu sanki girdiğinde. Geriliyordu. Boğazının kuruyup, öksürük nöbetine tutulması da cabası. Yapacak bir şey yoktu yine de. Saatinden önce gidip, tahammül edemediği bu mekânda fazladan zaman geçirmek istemediğinden bir parkta oturdu. Geleni geçeni seyretti, baharın kendini iyiden iyiye hissettiren kokusunu ciğerlerine doldurdu. Sonra kalkıp hiç acele etmeden alışveriş merkezine girdi. İnsanların böyle bir yerle nasıl bir alışverişi olabilir, diye söylendi kendi kendine. En üst kata çıkması gerekiyordu. Asansörün önünde birikmiş yaygaracı bir grup gözünü korkutunca yürüyen merdivenlere yöneldi. Merdiven boş ve işgal edilemez görünüyordu. Daha şimdiden öyle gerilmiş, sinirleri öyle bozulmuştu ki kulak memeleri kıpkırmızı olmuştu. Üst kata çıktı. Tatyana'nın adını daha önce söylediği yere gitti. Her taraf yabancı isimli tabelalarla dolmuştu. İnsanların karınlarını doyurduğu yerler için sözlük, aşevi karşılığını veriyordu. Konuşmadığı bir dille, anlamını bilmediği sözcüklerle adlandırılmış böyle yerlere gittiğinde aklında tutmalıydı bunu herkes! Yabancı isimlerin şatafatıyla kendini kandıran herkes aklına işlemeliydi bunu; üstsoysal bir etkinlikte bulunduğunu, kent kültürünün bir parçasına dönüştüğünü, en hafifiyle fiyakalı, burnu nedense havada bir tabakaya ait olduğunu hisseden herkese, buraların aşevi olduğu anımsatılmalıydı: Pişirilmiş etleri ye, kızartılmış tavukları yut, şekerli sıvıları iç, ellerini ıslak mendillere sil, paranı bırak ve kalk git! Orası aşevi!

Tatyana salata almıştı. Mehmet Cemil şaşırmadı, evine gittiğinde de menü aynıydı. Belli ki kadın, biçimine özen gösteriyor, kilo almamaya çalışıyordu. Mehmet Cemil bir şey yemek istemedi. Tatyana da salatası bitene dek pek fazla konuşmadı. Havadan sudan şeylerden söz ettiler. İkisi de sadede gelmek istiyordu aslında. Salatayı bitirdi, tabağını bir kenara koydu. Ardından söze girdi,

"Emniyette ve savcılıkta ifade verdim. Büyük olasılıkla okumuşsunuzdur."

Mehmet Cemil, evet, anlamında başını salladı.

Tatyana,

"Tahmin edersiniz ki sizi buraya zaten bildiğiniz ayrıntıları yeniden anlatmak için çağırmadım. Bu işin içine olduğumdan daha fazla girmek istemiyorum. Bir cinayet soruşturmasında adımın geçmesi bile yeterince can sıkıcı zaten. Bu adamla ilişkim, gerektiği kadardı. Müşterilerimin hiçbirini hak ettiğinden fazla umursamam. Onları sevmem. Kimsenin hormonlarını yargılayacak değilim ama ne diyebilirim, onları sevmedim, sevemem. Servet Sönmez için de geçerli bu. Bu nedenle, hiç umursamadığım bir cinayet soruşturmasında değil şüpheli, tanık sıfatıyla bile yer almak bana göre değil. Doğrusu, benim için zaman kaybından başka bir anlam da taşımıyor," dedi, neredeyse hiç nefes almadan. Soğuk bir edası vardı. Bakışları buz gibiydi. İşine duygularını karıştırmadığı belliydi. Mehmet Cemil konunun nereye varacağını anlayamamıştı hâlâ. O nedenle yalnızca,

"Anlıyorum," diyebildi.

Tatyana, Mehmet Cemil'e içip içmediğini sormadan, bir sigara yaktı. Gözlerini, parmaklarının arasında tuttuğu sigaraya dikti. Ağzı kapalıydı ama dilinin ağzının içinde hareket ettiği görülebiliyordu. Sıkıntılı olduğunu belli edecek şekilde solumaya başladı.

"Servet Sönmez bana gelir, evimde oturur, çok az konuşur sonra da çıkıp giderdi. Onunla hiç yatmadım. Benimle sevişmek istemiyordu. Savcıya da söyledim, karısını seviyordu," dedi bir çırpıda. Bunları niye anlattığı hâlâ meçhuldü, yine de dişe dokunur birkaç cümle alabilirim umuduyla kulak kesilmişti Mehmet Cemil. Kadın, yarısına kadar bile içmediği sigarasını söndürdü. Rahat değildi, çantasından, ağız kokusuna iyi gelen sakızlardan çıkardı, bu kez Mehmet Cemil'e de ikram etti. Cep telefonunun saatine baktı. Derin bir nefes aldı, biraz sakinleşti. Ardından,

"Bakın, sizi buraya çağırma sebebim, sizden yardım istemekti," dedi, "Ben en azından bir süre ülkeme dönsem iyi olacak. Bu dava kapanana kadar hiç değilse. Emniyetten bu izni almak şu an için kolay değil. Ama siz avukatsınız, yardımınız dokunabilir diye düşündüm."

Kadın yardım istiyordu. Mehmet Cemil sesini çıkarmadı. İşin aslı yardım edip edemeyeceğini bile bilmiyordu. Sessizliğini koruyup kadının ona verebileceği bilgileri bir görmek istiyordu. Sadece,

"Evet, evet yardımcı olurum tabii," diyebildi.

Kadının sessizliği bu sefer daha kısa sürdü. Ricasını söylemişti, makul bir yanıt almıştı. Bedelini ödeyebilirdi.

"Servet Sönmez diyordum... Evime geldiğinizde size de söylemiştim, zaman zaman ağlardı. Sebepsiz yere. Tanıştığımız günlerde beni birine benzetirdi. Kim olduğunu söylemedi hiçbir zaman. Yıllar öncesinden borçlu kaldığı, mutsuz ettiği bir kadına benzetiyormuş. Dediğine göre borcunu ödemesinin yolu yokmuş."

Yeni bir sigara, telefonunu kontrol ediyor, tam olarak anlaşılmayan kelimeler söylüyor kendi kendine, büyük olasılıkla Rusça, Mehmet Cemil'e dönüyor yeniden,

"Kullanmıyordunuz değil mi, sormadım ama!" diyor, parmaklarındaki sigarayı işaret ederek.

"Bu kadını saplantı haline getirmişti anlaşılan. Kimi zaman ayaklarıma kapanır, karşısında o kadın varmışçasına özür dilerdi. Faydası olur mu bilmiyorum ama bir keresinde bir bıçak çıkardı çantasından, zorla elime tutuşturdu ve kendisini öldürmemi istedi. Delirdiğini düşünmüştüm. Güçlükle sakinleştirmiştim." Burada sinirli bir şekilde güldü Tatyana,

"Başıma bela açacağı o zamandan belliymiş aslında," diye tamamladı sözlerini.

Tatyana'ya sormak istedikleri vardı elbet Mehmet Cemil'in ama her ne olduysa, ağzını kıpırdatacak mecali kalmamıştı. Bir gülle gibi üzerine çöken rehavet duygusunu güç bela aralayıp, araya girdi ve kısık bir sesle,

"Sizi benzettiği kadının adını söylemediğine eminsiniz değil mi?" diye sordu.

"Hep bir takım sıfatlarla konuşuyordu. Sözünü ettiği kadını yücelten kendi kendiniyse aşağılayan benzetmeler yapıp duruyordu. Ama hiçbir zaman isim geçmedi, bundan eminim."

"Peki, ne yapmış, ne kabahat işlemiş bu kadına karşı, onu da mı söylemezdi hiç?"

"Tek bildiğim, o kadın affetse bile Servet Beyin kendisini affetmediği. Bunun dışında suçluluk duyduğu olayın ayrıntılarına girmedi hiçbir zaman. Bütün yaptığı ağlayıp sızlanmak, tanrıya canını bir an evvel alması için yakarmaktı."

Mehmet Cemil çayından son yudumu aldı, şekerini karıştırmadığını nedense bu yudumla beraber fark etti.

Bütün şekeri son yudumda ağzına gelmişti. Tatyana'nın gözleri ilerdeki yürüyen merdivene takılmıştı. Bunu fırsat bilip kadının yüzüne uzun uzun baktı. Güzel bir yüzü izlemek müze gezmekten farksızdır. İnsan yüzü bir ekole ait değildir ama, kendi manifestosunu yine kendisi aşar, her şey orada saklanır ama kendisi asla saklanabilir değildir. Müzeler güzel yüzlerin temsilleriyle doludur bu yüzden. Tatyana gözlerini kırpıştırıp, bakışlarını yürüyen merdivenin tek düze salınımından alınca, müze gezisi de sona eriyor ister istemez. Mehmet Cemil'e dönüp,

"Bu detayları savcılığa anlatmadım, işleri iyice karıştırıp, yok yere uğraşmaktan korktum. Siz de benden duyduğunuzu söylemezseniz sevinirim," dedi. Çantasını toparlamaya başladı, kalkmaya hazırlanıyordu. Mehmet Cemil de ona uydu. Kalktı, çantasını omzuna aldı,

"Ben biraz mağazaları dolaşacağım. Sizden ricam, yurt dışına çıkışımda yardımcı olmanız. Unutmazsınız değil mi?" diye son bir kez hatırlattı isteğini.

"Tabii, merak etmeyin, elimden geleni yapacağım."

"Teşekkür ederim."

Tokalaştılar. Tatyana hızlı adımlarla oradan oraya yürüyüp duran kalabalığa karıştı. Mehmet Cemil de bu soğuk gezegenden nasıl kurtulacağını düşündü bir süre. En akıllıca olanın eski tarz merdivenleri kullanmak olduğuna karar verdi. Seslere, kokulara ve ne yaptığını bilemez durumdaki insan bedenlerine değmeden yeryüzüne doğru harekete geçti.

18

Çekirdekli kuru üzüm ve biraz da fındık atıştırıyordu Tatyana'nın anlattıklarını düşünürken. İstiklal Caddesi'nde, acelesi olanları kızdıracak denli ağır adımlarla, neredeyse dura dura ilerlerken bir yandan da açlığını kuru yemişle bastırmaya çalışıyordu. Tatyana'nın anlattıklarının öneminin farkındaydı. Aslında kafasını boşaltmaya çalışıyordu, bildiklerini unutmaya. Yirmi dört saatliğine dava hakkında öğrenmiş olduğu her şeyi unutmak istiyordu. Davayı hiç düşünmemek. Böylece biliyordu ki, okuduğu dosyalar, toplanan deliller, duyup dinledikleri yerli yerine oturacak, tabiri caizse demini bulacaktı. İçine bu derece girdiği bir davayı bir süreliğine de olsa aklından çıkarabilmek kolay değildi elbette. Biraz da çaresizce, çevresini dolduran insan kalabalığını, orta yerinden yürüdüğü caddenin her iki tarafındaki vitrinleri dikkatle izlemeye başlamıştı. Tek tek ağzına attığı fındık ve üzümü neredeyse yutmayı unutmuşçasına çiğnedikçe çiğniyor, o sırada sözgelimi önünden geçtiği kitapçıdan yükselen şarkının sözlerini, olduğu yerde dikilip ezberlemeye çalışıyordu. Fotoğraf çeken çapkın gözlü doğu insanlarını inceledi bir ara, baklava vitrininin önünde poz veriyorlardı. Sessizce gülüşüyorlar, fakat bunu yaparken bile öyle mahcuplar ki. Eğlendikleri belli olmuyor bile. Yakışıklı Almanlar, hiçbir yerde yabancılık çekmeyen batılı cüretiyle geçip duruyorlardı yanından yöresinden. Onlar ve onların dostları -dünyayı kolaçan etmeye çıkmış krallığın diğer tadıcıları- yazık ki bir yerde yabancı olmanın hazzından çok uzak, geçtiler oradan.

Yerleri yıkayan bir belediye aracı bütün gürültüsüyle onu takip ediyordu. Tramvay kalabalığı güçlükle yarıyordu, onunki gürültü sayılmazdı tabii. Olup biteni anlamanın imkânsız olduğu sokak araları zihnini dağıtmak için en ideal yer sayılabilirdi. Bu sokaklarda herkes bir şey satıyordu ama kimin neye talip olduğu bir hayli belirsizdi. Kim ne almak istiyor, bedeller neyle ödeniyor! Tek çözebildiği, sahip olduğu şeyi otuz liraya satmayı kabul eden bir travestiyle, verecek otuz lirası olmadığını söyleyen kavruk tenli bir delikanlının diyaloguydu. Daha fazlasını anlamak için pazarlığa dahil olması gerekebilirdi. Ağzına bir fındık atıp yoluna devam etti.

Birkaç saat oyaladı kendini Mehmet Cemil. Fotoğraflarını çekmesini isteyen yaşını başını almış, yabancı bir çiftin fotoğraflarını çekti, dünyada iz bıraktığını hissetti o an- onların torunları İstanbul'u Mehmet Cemil'in çektiği fotoğrafla tanıyacaklardı belki de. Sokak çalgıcılarının önünde durdu. Müziklerini dinlemekten ziyade, bu kıyafetleri farklı, saçları taranmamış, yere oturmaktan çekinmeyen kopuk gençlerin hayatını hayal etti. Pek bir sonuca varamadı ama. Sempatik bulduğu çalgıcıların hayatına durduk yere kutsallık atfedecek değildi. Saçlarını tarayan insanları da severdi sonuçta. İlla rahat bir koltuk isteyen, kıçını mümkün değil toprağa koyamayan insanları da hatta. Kumaş pantolon ve ütülü gömlek düşkünlerini de anlıyordu. Bu küçük ayrıntılarla hayatı tarif etme çabası açık verirmiş gibi geliyordu ona. Her ne hal ise, oradan ayrıldı bir sinemaya girdi. Afişlere, gelecek filmlere filan baktı. Gösterişli filmlerin afişleriyle oyalandı biraz ama nafile, yoğunlaşamadı. Küçük dizilmiş büyük boy bir sözlüğün, ansızın irileşen, rengi koyuldukça kızaran tek ve en can alıcı kelimesi, gözlerindeki kılcal damarlarda yanıp sönmeye başlamıştı artık. Cinayetlerin sebebini bilmiyordu ama Tatyana ile geçen şu son konuşmadan sonra, geriye kala kala ne yapsa incelememiş, insanoğlunun cüssesi kadar büyük, tarihi kadar kanlı, en gerçek en doyurucu itki, cinayetlerin kabul edilebilir tek gerekçesi olarak öne çıkmıştı. İntikam kelimesi, caddede yürümeye başlayalı beri gördüğü her nesnenin üzerine yazılıyordu. Ondan fotoğrafını çekmesini isteyen ihtiyarlar kendilerini, bay ve bayan intikam, olarak tanıtmışlardı. Çalgıcılar intikam şarkısı söylüyorlardı. Sinemanın girişinde heyecanlı bir intikam filminin afişi asılıydı. Vitrinlerde gördüğü kitaplar, mağaza isimleri, sokak adları hep intikam, diye tıslıyorlardı. Belediyenin sulama aracından fışkıran sular bile yerde intikam, intikam diye kıvrılıyordu. İntikam kelimesi, ne kelime ama, her adımında biraz daha görünür olmuş, büyük keşfinden korkan bilim adamı gibi, kelimenin telaffuzunu geciktirmek için adeta ecel terleri dökmüştü. Fakat kurtuluşu yoktu, bu keşif, bu kahredici gerçeğin itirafı Mehmet Cemil'in üzerine kalmıştı bile.

Birazdan bir canavara dönüşecekmiş gibi insanlara çarparak, kan ter içinde ofisin yolunu tuttu. Vakit kaybetmenin anlamı yoktu. Ne olursa olsun soğukkanlılığını korumalıydı. Hiçbir ayrıntıyı atlamadan problemi ortaya koymanın, şüphelerinin yoğunlaştığı noktaları aydınlatmanın zamanı gelmişti. Varsayımlarını somut olgularla sınamaktan başka yapacak nesi vardı ki zaten! Yine de, masasının başına geçip biriken delilleri, zihninde kıvranıp duran sarışın kadınları hizaya sokacağına, paket yaptırdığı su börekleriyle kendine ziyafet çekmeyi uygun buldu. Doğru düzgün acıkmamıştı, mide gezdiriyordu işte. Paket yaptırdığı bir porsiyon su böreği ile dışarı çıkmıştı ki iş hanının hemen girişinde Bora Aykul'la karşılaştı. Yanında yüzü kemikli, ellilerinde gösteren, duruşu mesafeli bir kadın vardı. Geçiştirmek için,

"Zeki Bey'in yanına uğramıştık Mehmetçiğim, görüşürüz sonra," gibi birkaç kelime söyleyip yanındaki kadınla birlikte hızlıca uzaklaşmıştı Bora Aykul. Mehmet Cemil açlığı ile baş başaydı o sıra, onların heyecanlı haline kafa yoracak durumda değildi.

Böreği afiyetle yedi. Ardından, neredeyse farkına bile varmadan uyku ülkesine, kolundan tutup çekiştiren sevgilinin peşinden gider gibi gitti, belki bir beş dakikalığına. Titreyerek uyandığında, aydınlanmıştı adeta. O ana dek öğrendiklerinin bir sıraya oturabilmesi için İstiklal Caddesinden medet ummuştu ama o işi beş dakikalık bir şekerleme gayet temiz bir şekilde görüverdi. Tatyana'nın, Servet Sönmez ile yaşadığı ilişkinin tuhaf detayları, hikâyenin düğüm bölümünün de sonunu işaret ediyordu.

...

Ofiste hemencecik kontrol etmesi gereken iki konu vardı. Birincisi, bombalama davasının ek iddianamesinde belirtilen ölüm vakasıydı. İlk iddianamede ölüden söz edilmemişti. Bir sayfalık ek iddianame, ayrıntılı incelemeyi Mehmet Cemil'e havale ettiği için Zeki Beyin gözünden kaçmış, Mehmet Cemil ise, iddianamedeki '*Doğruyu Söylemek*' grubunun cazibesine kapılmış, tek sayfalık ek iddianameyi fark edememişti. Neyse ki Bora Aykul'un savcılık ifadesini okumuştu da, ölüm olayından haberi olmuştu. İlk iş olarak dosyadan aldığı fotokopi dosyasını çıkardı. Sayfaları tek tek çevirerek ek iddianameyi aradı. Dava görülmeye başladıktan yaklaşık iki ay sonra dosyaya girmiş olan bu iddianame ile savcılık, zanlılar hakkında, altı yaşında bir çocuğun ölümüne sebebiyet vermekten ayrıca cezalandırılmalarını talep etmekteydi. İşin rengi büsbütün değişiyordu böyle olunca. Zanlıların niye kaçtığı, davanın toplum nezdinde taşıdığı önem ve diğer hususlar, tarafların siyasi kimliğinden bağımsız olarak anlam kazanıyordu böylece. İkinci önemli hususu nasıl çözeceğini bilemiyordu ne var ki. Zira işin bu kısmı tam anlamıyla parçaların birleştirilmesi ile ilgiliydi. Öncelikle bu işin içinde kadın parmağı araması gerektiğinin farkındaydı. Nedeni ortadaydı, Tatyana, cinayetle ilgili olarak ortaya çıkan ilk isimdi. Bir diğer isim, Servet Sönmez'in her şeyden habersiz karısıydı. O kadar masum, bütün bilgilerden o kadar uzaktı ki, şüpheliler için gerçek bir yatak, kirliler için göz alıcı bir beyazlık vaat ediyordu. Elbette hiçbir zaman onun suçlu olabileceğini düşünmedi Mehmet Cemil, yine de kaza mahallinde, çarpışmanın tam da odağında olup da kazayı görmeyen, kazadan haberdar bile olmayan böylesi bir kadın, en dişli, en havalı kadınlardan daha tedirgin edici olabiliyordu.

Sonra, Zeki Bey kendisinden, şu eski bombalama davası ile ilgili fotoğraflarda dikkat çeken bir tipi, seyirciler arasında, adeta bir müdavim gibi celse takip eden bir kadını araştırmasını istemişti. Ya zanlılardan biri adına takip etmişti davayı ya da sanıklardan biri adına. Dava nedeniyle ortalığı ayağa kaldıran siyasi gruplardan hiçbiriyle bağlantısı yoktu ne de olsa. Sessizce duruşmalara gelip gitmiş, yargılamanın sürdüğü yıllar boyunca adaletin gidebildiği yere kadar gitmesini beklemişti. Yine de bu kadın hakkında da dişe dokunur bir sonuca ulaşamamıştı.

Mehmet Cemil, şunu merak etmişti hep: Suç işleyenleri, onlarla yıllar geçirmişçesine yakından tanıyan; polisin neyi nasıl yaptığını herkesten iyi bilen; adli tıpı hatmetmiş bir hekim kadar âlim; denklem çözmedeyse rakipsiz bir bilgin olsa, insan ruhunu avucunun içi gibi bilen bir hayalperest, masasından hiç kalkmadan, verileri değerlendirip bir cinayeti aydınlatabilir miydi? Yani, faili işaret etmek için masasından ahkâm kesen bir çokbilmiş tek başına yeterli olur muydu? Delil toplayan yeni yetme memurun hakkı ne olacak, diye sorulabilir. Sinsi bakışlı adamların kan çanağı gözlerine bakmak zorunda kalanın yıpranmış sinirleri kimin hanesine yazılacak? Otopside eline dalak, böbrek, ciğer alanın eli az mı mahirdir şimdi matematik dehasınınkinden; tabancasını ateşleyen ihtiyar polise kim teşekkür edecek?

Bir insan suçun bileşenlerini çözümlemede gereken tüm adımları yalnız başına da atabilir aslına bakılırsa. İşbölümü onu laboratuara tıkmış olsa bile böyle bu. Ya da eline bir silah tutuşturulup, gerektiğinde ateş et, dendiğinde de durum değişmiyor. Silah erbabı da mantığını konuşturabilir yeri geldiğinde. Olguyu algılamak masa başındaki genetik mucizesine verilmiş bir yetenek değil sadece. Tamam, onu kan tutuyor! Tabancalarla arası iyi değil belki. Ama hakkını yemeyelim, o da kana karşı kendini eğitebilir ve tabancalarla tez zamanda arkadaş olabilir. İşbölümünün insanlıktan çıkaran yeri tam da burası.

Tetiğin sağ elle mi yoksa sol elle mi çekildiğini, merminin giriş yönünü, hangi zaman aralığında ateş edildiğini söyleyen uzman doktor, vakadan haberdar değildir çoğu kez. Meşru müdafaanın ne olduğunu bilmez ya da failin son kurşunu kendine saklamış olmasıyla ilgilenmez. İki sokak boyunca bir hırsızı kovalayıp nefesi kesilen polis, evine dönerken adsız bir suçluyu korkuttuğu için işini yapmış sayar kendini. Umursamayabilir bu nedenle kaçanın ne çaldığını. Biri için bütün iş, ciğere saplanıp kalmış mermi ve onun yarattığı tahribat kadarken, diğeri karanlıkta önü sıra koşuşturan bir çift ayak sesi ile tarif eder mesleğini. Buna rağmen işleyişin vazgeçilemez bu parçaları kendilerini bütünün kendisi olarak tanımlarlar, adalet mekanizmasının bizzat kendisi olarak. Polis adalet demektir hal böyle olunca. Fakat somut vakayı, insana dair gerçekliği içinde algılayan, kurşunun dağıttığı ciğere, kültürünün, biliminin, toplumsallığının, insan soyunun var ettiği bütün değerleriyle bakan, yine o dil dibeği, yine o yazan adamdır. Mehmet Cemil en karmaşık suçların bile yalnız bir insan tarafından tarif edilebileceğine, sıkı ve görünmez bağlantıların tel tel sökülüp, tüm hikâyenin kabul edilebilir bir finale vardırılabileceğine inandırıyor kendisini. Buna mecbur aslında, zihninden başka güvenebileceği hiç kimse yok. Davaya müdahale eden herkes, dosyayı içinden çıkılamaz bir bilmeceye çevirmekten başka bir iş görmemiş şimdiye kadar. Konuşması gerekenler saklanmış, konuşanlarsa harflerden oluşan devasa bir toprak yığmıştı dosyanın üzerine. Eğer davanın sırrına ermek istiyorsa gerçekten de o gri hücrelerden başka dostu yoktu şu anda.

Masasının üzerine yaydığı delillerine eli çenesinde bakarken kendine güveni gelmişti iyice. Ayağa kalktı, elini çenesinden ve yeni yeni uzatmaya başladığı sakalından çekmeksizin odanın içinde dolaşmaya başladı. Deliller göz önündeydi uzun zamandır. Onları açığa çıkaran, dahası gereksiz ayrıntıların arasında ayırt edilebilir hale getiren gelişmeleri bir çırpıda saydı. Her şey netleşti. Servet Sönmez ve arkadaşları bombalama olayı ile bir çocuğun canını almışlardı. Bombalama işini siyasi sebeplerle yapmış olsalar da her anlamda masum bir çocuğun ölümüne sebep olmak –diğerleri için durum nedir bilemezdi ama en azından Servet Sönmez açısından oldukça ağırdı. Vicdanını her sıkıştırdığında ruhunu ikiye katlamıştı Servet Sönmez, sonunda katlanılamaz bir hale gelmişti. Bunu Tatyana ile yaşadığı ilişkiden çıkarmak mümkündü. Tatyana'yı, öldürdüğü çocuğun annesiyle özdeşleştirmiş, kadına her gittiğinde bolca para vermesine rağmen onunla hiç birlikte olmamıştı. Evlenip, çoluk çocuğa karıştığı, hayatının geri dönülemez bir aşamasında, teslim olmayı düşünemiyordu bile. Kendisini çok seven, ense kökünde taşıdığı çocuk katili damgasından habersiz karısını böylesi bir olayla yüzleştiremezdi. Ne onun ne de çocuklarının alnına bu kötü yazıyı yazdırabilirdi. Servet Sönmez'e Tatyana'ya günah çıkarttıranın bu olay olduğundan şüphesi yoktu Mehmet Cemil'in.

Diğer taraftan, bombalama olayındaki tek ölünün bir çocuk olması bir diğer muammayı da açıklığa kavuşturuyordu. Davayla ilgili haber fotoğraflarından, davayı yıllarca takip ettiğini öğrendikleri kadının neyin nesi olduğu muammasını. Aslında ek iddianameyi daha erken fark etmiş olsalar, sanıkların adam öldürme suçundan da yargılandıklarını daha en baştan görmüş olacaklardı. Dolayısıyla fotoğraflarda gördükleri o kadının davanın her aşamasında seyirci olarak bulunmadığını, en başından itibaren şikâyetçi olarak davaya katıldığını hemen kavrayacaklardı. Kadının avukatı davayı takip etmiş, kadın da bütün celseleri seyirci olarak izlemişti. Adı sanı resmi evraklarda alenen yazılıydı. Servet Sönmez, Tatyana'nın karşısına geçip, kendisini cezalandırması için yalvardığında, gözlerinin önünde bu kadının yüzü duruyordu aslında.

Mehmet Cemil fotoğraflarda gördüğü kadını katil ilan etmeye hazırdı. Çocuğu öldürülen kadın, katillerin cezalandırılması için sabırla beklemişti. Geçen seneler boyunca tek bir şey için hayatta kalmıştı: Çocuğunu öldürenlerin mahkûm olduklarını, cezaevine koyulduklarını, suçlarının yanlarına kar kalmadığını görmek! Olmamıştı. Avukatlar, hukukun verdiği tüm olanakları kullanmalarına rağmen, dava zamanaşımına uğramıştı. Bu demek oluyordu ki, devlet –organize olmuş kamu gücü, bireyin intikamını alamayacak, şahsi adalet gereksinimini yasalar vasıtasıyla tatmin edemeyecekti! Değil mi ki devlet, adalet duygusunun yerine gelmesi için, bireyin yerine geçiyordu. Ne olacaktı şimdi? Bu kadının haklı adalet talebi karşılıksız mı kalacaktı? Elbette hayır. Kadın devletine güvenmiş, onun bütün olanaklarını kullanıp suçluları yakalayacağına, onlara hak ettikleri cezayı vereceğine inanmış, dava zamanaşımına uğrayıp, dosya arşivdeki daimi ikametgâhına gönderilinceye kadar da metanetle beklemişti. Gel gelelim, zamanaşımı dediğimiz şey, en nihayetinde bir varsayımdan ibarettir. Çocuk ölmüştü. Geçen zaman bu gerçeği değiştirmemişti. Kadın, cinayeti izleyen yıllarda kendine gelememiş, olayı unutamamıştı. Demek zaman, kadın açısından da aşılmış değildi. Peki, adalet duygusu –devlet mağdur durumdaki yurttaşının intikamını alabilmiş miydi? Hayır, zaman adalete hiçbir şekilde yardımcı olmamış, ölen çocuğun, onun kanayaklı annesinin, hayat aşkı zedelenmiş hiçbir iyi insanın intikamı alınamamış, zaman o şiddetli intikam ihtiyacını bir an için unuttursa bile, solunan havaya karışan zehri arındıramamıştı. Mehmet Cemil, elindeki veriler bütün tereddütleri gidermeye yetmese de kurduğu bağlantının doğruluğuna yemin edebilirdi: fotoğraflardan her duruşmayı izlediğini tespit ettikleri, sonrasında ölen çocuğun annesi olduğunu dava tutanaklarından öğrendikleri kadının, zamanaşımı dolduktan sonra katillerinin peşine düşüp intikamını aldığına nerdeyse emindi. Bağlantıları en edebi, en sıra dışı biçimiyle açıklayıp, kendisiyle neredeyse gurur duyarak, "işte suçlu" diye kadının fotoğrafını gösterecekti —bu heyecanla Zeki Bey'in odasına yöneldi.

Zeki Bey bunları duymaya hazır mıydı bakalım!

19

Kış güç bela çıkmış, arada bir soğuklar yoklasa da damlaların, tomurcukların, kedi mırıltılarının, kuş cıvıltılarının, istekle göz süzmelerin, kıkırdamaların, kırıtmaların, çarpıntıların mevsimi inmişti artık. Biraz da havaları suçlayarak Mehmet Cemil, arkadaşlarının heyecanına mı kaptırmıştı kendini, yeni bir türü inceler gibi hayranlık duyduğu kadınlara mı kanmıştı artık orası belirsiz, şu intikam meselesini fark etmekte gecikmişti. Avukat Zeki Bey, dava dosyasına ilk göz attığında ölenlerin asıl kimliğini çözmüş, bu adamların bombalama davasının zanlıları olduğunu anlamıştı oysa. İsimlerini değiştirmenin onları korumaya yetmediğini biliyordu. Tabii emin olmak istediği bazı ayrıntılar vardı. Söz gelimi, savcılık Bora Aykul'u gözaltına aldığında, evinde yapılan arama esnasında kimi dosyalarına ve dokümanlarına da el koymuştu. Bunların arasında en dikkat çekici olanı, ölenlerin bombalama davasından, öldürüldükleri güne dek ikamet ettikleri tüm adreslerin kaydedildiği bir klasördü. Bilgisayardaki 'adresler' adlı klasörde yazmayan tek şey zanlıların öldürüldüklerinde bulundukları adreslerdi. Davayla bağı nasıl kurulurdu bilinmez ama Bora Aykul'un uzun yıllar içerisinde bu adreslerin peşine düşmüş olması ve son ana kadar şahısları takip etmiş olması, üzerinde durulması gereken bir husustu. Savcılık ve sorgu yargıcı da bu konu üzerinde durmuş, Bora Aykul zekice bir yanıtla konuyu savuşturmuştu. Öyle ya bombalama davasının şikâyetçi ve katılanlarından birisiydi. Polisin ve mahkemenin bulamadığı zanlıların adreslerini kendisi de haricen araştırmıştı. Bulduğu adresleri avukatı hiç vakit kaybetmeden mahkemeye ve polise de bildirmişti üstelik. Bu yönüyle ikna ediciydi şüphesiz. Şikâyetçi, davanın tarafıydı sonuçta, bulduğu adresleri mahkemeye bildirmekle de mahkemeye ve adalete yardımcı olmaktaydı. Mahkemede kendisine sorulmamıştı ama sormadan edemiyordu Zeki Bey, bu adresleri sizden başka bilen var mıydı, diye? Katil, üç zanlıyı da aynı gün içerisinde, eliyle koymuş gibi bulmuş ve öldürmüştü. Bora Aykul katil değilse ki o olabileceğine dair hiçbir ipucu bulunamamıştı, katille paylaştığı kıymetli bir bilgi sakladığı ortadaydı. Adamların adım adım takip edilip, aldıkları her nefesin kayıt altında tutulduğu ortadaydı. Adalete güvenen ama işini şansa bırakamayacak kadar da tecrübe sahibi birinin davranışıydı bu! Son ana kadar sabırla bekleyip, son seçenek olarak devreye girmeyi bekleyen bir usta gibi davranmıştı. Kurallara uymak istemiş, herkese de bunu salık vermişti muhakkak, bekleyelim ve hukukun cezalarını infaz edişini görelim. Soğukkanlılığınızı koruyun, süreç tamamıyla denetimim altında. Evet, böyle der gibiydi, en azından dışarıdan algılanışı böyleydi meselenin. Tamam, son adresler klasörde bulunmuyordu ama bu Bora Aykul'un zanlıların nerede bulunduklarını bilmediği anlamına gelmezdi ki. Sırtlarında yaşayan, onlarla birlikte konaklayıp onlarla birlikte göç eden kanaatkâr ve uzun ömürlü bir böcek gibi adım attıkları her mahalleyi kaydetmiş, birkaç günlüğüne bile olsa durup dinlendikleri her sınırı defterine çizmişti. Bu nedenle öldürüldükleri adreslerini, gözlerini kara kuyulara açıp, etlerini azap kazanlarına bıraktıkları son ikametgâhlarını da bildiği, bilgisayarına değilse de zihnine kaydettiği tartışma götürmeyecek kesinlikteydi. Böyleydi de, cinayetlerle bunun dışında herhangi bir bağının olabileceğine ihtimal vermiyordu Zeki Bey. Bora Aykul'u tanırdı. Uzun zamandır görüşmeseler de arkadaş ortamlarında bir araya gelmiş, zaman zaman etraflı sohbetlere dalmışlardı. Seksen öncesinin önemli politik figürlerinden biriydi Bora Aykul. Etkili, yıkıcı fikirler savunmuştu vaktiyle ama yine de hiçbir zaman hedefini şaşırmış şiddete, toplumu korkuya, kaygıya gark eden teröre pabuç bırakmamıştı. Zaten üyesi olduğu *"Doğruyu Söylemek"* ekibinin kaydedilmiş hiçbir şiddet eylemi de yoktu. Bu işte etkisi olduğundan ne kadar eminse Zeki Bey, cinayetle suçlanamayacağına da o kadar emindi. Biraz da eski muhabbetlerinin verdiği güçle Bora Aykul'u aramış, üzerinde çalışmakta olduğu davayla ilgili olarak yüz yüze görüşmek istediğini belirtmişti. Bora Aykul bu isteği memnuniyetle karşılamıştı. Bir arkadaşıyla birlikte en kısa sürede ziyarete geleceği sözünü vermişti.

Mehmet Cemil, intikam cinayetinin şifrelerini çözmüş olmanın heyecanıyla Zeki Bey'in odasına yöneldiğinde, Zeki Bey de işte bu ziyaretin, Bora Aykul'la bir dostunun ziyaretinin etkisini üzerinden atmaya çalışıyordu. Bir kadeh Rus votkası almıştı, ancak özel zamanlarda içerdi. Bir süre müzikle toparlanmaya çalışmış, ardından ofisin içinde ileri geri ağır adımlarla turlamaya başlamıştı. Nihayet alkolün de etkisiyle, bacaklarında bir uyuşma hissedince hemen kapının yanına, yere oturmuş, sırtını duvara yaslayıvermişti. Tam da bu sırada kapıyı belli belirsiz tıklatıp, içeri giren Mehmet Cemil'in karşılaştığı manzara alışılmadıktı. Zeki Bey yerde oturuyordu. Önce yanlış bir zamanda geldiğini düşündüyse de çabucak uyum sağladı ve Zeki Bey'in kendisine gösterdiği yere, yanı başına oturuverdi.

Konuşmadan geçti birkaç dakika. Zeki Bey, Mehmet Cemil'e bir kadeh votka ikram etti. İstemeyerek aldı kendisine uzatılan kadehi, içmeden elinde tuttu. Zeki Bey bir yerinden başlayıp anlatacaktı aklından geçenleri de söze neresinden gireceğini bilemiyor gibiydi. İki cümleyle durumu özetlese daha mı uygundu, yoksa önce uzun uzun vicdan kavramını mı sorgulasaydı? Eh, yaşadığı kararsızlık bu değildi tabii, kafa karışıklığını dizginlemek umurunda bile değildi şu an. Varsın kelimeler cümleye sığamasın, varsın cümleler birbirini tanımasındı. Kendini kaybetmiş biri, her şeyin yerli yerinde olduğunu sanırken ansızın allak bullak olmuş biri, düzgün cümleler kurmaktan muaftı. Kaldı ki bir karmaşayı ortaya koymanın başka nasıl bir yolu olabilirdi ki, karmaşayı anlatmanın en zor yolu onu tarif etmek değil midir? Mehmet Cemil, Zeki Bey'in neler anlatacağını kestiremiyordu ama her ne kadar buraya kendi gösterisi için gelmişse de odaya girer girmez susması gerektiğini, Zeki Bey'in önemli sözlerinin olduğunu anlamıştı. Söz büyüğün diye düşünerek bir yudum aldı votkasından.

"Biliyorsun değil mi Mehmet Cemil," diye söze başladı Zeki Bey, "doğada suçlu yoktur. Suçlu buradadır, hakların ve mahrumiyetlerin dağıtıldığı insan hayatında."

Votka sert gelmişti Mehmet Cemil'e. Sesini çıkarmadı. Dinlemeye devam etti.

"En sonunda hepimiz bir fiilin failiyiz ama. Kendini aklamayan insan yüreklidir bu nedenle. Kendinde kabahat arayan insanın yüzü aydınlıktır, tüm masumluğuna rağmen! Temiz olduğunu söyleyen, hiç temiz olmamıştır. Hem..."

Zeki Bey anlatıyordu ama Mehmet Cemil votkanın da verdiği müthiş taşkınlıkla onu dinlemeyi filan boş vermişti. Kulaklarını büsbütün tıkamamıştı Zeki Bey'in anlattıklarına ama şimdi gürül gürül akan bir nehre çevirmişti alkol beynindeki kılcal damarlardaki kanı. Fikirler ısıran bir yel gibi kaçışıyorlardı. Cinayeti aydınlatma sürecini, yıllar öncesiyle kurduğu bağlantıları filan düşünüyor, kendi çözümü, kendi keşifleri onu heyecandan heyecana fırlatıyordu. Zeki Bey'in dingin ruh halini, bilgece, neredeyse bir peygambermişçesine ettiği lafları ise bir yere oturtamıyordu. Ne ilgisi var diye düşünüyordu, neyle ilgili bunlar, kimin umurunda?

Mehmet Cemil'in pek oralı olmadığını fark eden Zeki Bey de votkasından bir yudum alıp gözlerini sımsıkı yumdu. Açtığında renkli yıldızlar uçuşuyordu. Odanın penceresi açıktı. Ilık bir bahar havası doluyordu içeri. Yakınlardaki bir parktan odaya akasya ağaçlarının kokusunu getirmişti rüzgâr. O sıra, kokunun burunlarına ulaşmasının hemen ardından ikisi de başlarını kaldırıp, görebileceklermiş gibi pencereye doğru baktılar. Derin bir nefes alıp, yerinde doğruldu Zeki Bey. Pencereye kadar gidip başını dışarı uzattı. Odada gezinmeye başladığında lafa girdi nihayet.

"Cinayet davasından çekildim Mehmet Cemil, artık sen de araştırmayı bırakabilirsin."

Mehmet Cemil de oturduğu yerden kalktı. Şaşırmıştı bu karara.

"Dava sonuçlandı sayılır hem. Servet Sönmez'in eşi davayı takip etmeyeceğini bildirdi. Biz de vekâletten çekiliyoruz bu nedenle."

"Neden takip etmeyecekmiş?"

"Tam bilemiyorum. Sanırım davayla birlikte ortaya dökülen sırlar kadını ciddi şekilde yıprattı. Kocasını bir melek zannederek yaşamış bunca yıl anlaşılan. Zavallı kadın. Oysa dava dosyasını sen de okudun, adam düpedüz katil. Kimliği hakkındaki gerçeği, hem adaletten hem de karısından yıllarca saklamayı başarmış."

Mehmet Cemil için bir fırsattı bu. Davayla ilgili bulgularını paylaşabilirdi.

"Evet dikkatimden kaçmadı tabii," diye başladı söze, "Servet Sönmez ve diğer üç maktul 12 Eylül darbesinin hemen öncesindeki bombalama davasında yargılanıyorlardı. Üstelik davaya konu eylemde bir de çocuk öldürmüşler."

Biraz bekledi. Zeki Bey'in dinleyip dinlemediğini kontrol etti. Kendi havasındaymış gibi geldi. Başlangıçtaki hevesi kalmamıştı anlatmak için. Yine de içinden gelen anlatma isteğine engel olamıyordu. Zeki Bey'in az önceki kapalı havasına döndüğünü, kendisini can kulağı ile dinlemeyecekse de sözünü de kesmeyeceğini tahmin ederek bildiği her şeyi anlatmaya koyuldu. Maktuller bombalama davasının sanıklarıydı; davayı takip eden ve davayla ilgili haber fotoğraflarında mutlak surette görünen kadın bombalama olayında hayatını kaybeden çocuğun annesiydi; nihayet bu kadın, üç adamı öldüren katilin ta kendisiydi. Demek oluyordu ki adeta dondurulmuş, soğuk mu soğuk bir intikam yemeği vardı karşılarında.

"Evet, evet. Anlıyorum. Dersini iyi çalışmışsın Mehmet Cemil." Zeki Bey etkilenmemişti anlattıklarından. Gidip koltuğuna oturdu. Mehmet Cemil'e de oturmasını söyledi.

"Katil, değil mi! Çocuğunu öldürenlerden intikamını alan anne! Katil, o değil mi?" diye başladı sözlerine sonra. "Birkaç saat önce Bora Aykul buradaydı. Tanıyorsun, arkadaşın Asi'nin babası! Eski bir arkadaşım benim de. Dosyadaki ifadesi, toplanan deliller filan ister istemez onu işaret ediyordu. Bu nedenle kendisiyle bir görüşme talep etmiştim. Hoş hemen arkasından, Servet Sönmez'in eşi aramış, davayı takip etmeyeceğini, bizim de davayı bırakmamızı istemişti. Her neyse. Bora Aykul yanıma gelirken bir arkadaşını getirmişti. Kimi biliyor musun? Senin, bir ölü çocuğun annesi, üç ölü adamın katili olarak özetleyiverdiğin kadını. Evet, onu tanıyormuş. Evet, tam da şüphelendiğim gibi yıllardır adamların her adımını takip etmiş, kadınla ve adını vermediği birkaç arkadaşıyla beraber bugünleri beklemişler. Kadın cinayetleri tek başına gerçekleştirmek istediği için tetiği de o çekmiş. Değilse karşımızda yaklaşık yirmi beş yıldır her gün planlanan, sabırla beklenilen örgütlü bir suç var. Bora Aykul da tam ortasında bu işin üstelik." Dura dura, arada bir nefeslenerek, Mehmet Cemil'in yüzünde dolaşan tereddütleri gözlemleyerek anlatmıştı süreci Zeki Bey.

Harikulade zekâsına, bağlantıları fark etmedeki takdire şayan becerisine şapka çıkartılacağını, plaketle filan onurlandırılacağını sanıyordu Mehmet Cemil. Bir de şu dinlediği hikâyeye bak! Söyleyecek söz bulamıyordu. Bora Aykul'un işin içinde olmasına şaşırmıştı. Bir diğer sonuç da, sarışınların bu tatsız hikâyedeki varlıklarından korkmaktaki haklılığının onaylanmasıydı. İş hanının girişinde karşılaştıkları, Bora Aykul'un önü sıra yürüyüp giden kadın o kadındı demek.

Zeki Bey, tek kelime bile etmeden kapıya yönelen Mehmet Cemil'e,

"Kendini herhangi bir sebeple suçlamana gerek yok. Davanın çözüme kavuşturulması savcıların işi. Bizim görevimiz sona erdi, unutma!" diye seslendi. Mehmet Cemil kapıyı kapattıktan sonra duyulur duyulmaz bir sesle tamamlayıverdi sözlerini,

"Alınıp satılmalardan herkes mesuldür gerçi, yine de kimseyi kurtaramamakla itham edilemezsin, canını sıkma!"

Katilin kimliği netleşmişti. Katil son sözünü silahıyla söylemişti. Annenin, yavrusunu yitirenin, yanıp yakılanın ne duyup ne düşündüğüyse bir muammaydı Mehmet Cemil için. Hırsını nasıl büyütüp beslediğini ölesiye merak ediyordu bu yüzden. Onu bulmalı, yüzüne bakmalı, adaletin yerine geçen, üç bedende küçük birer delik açıp, bütün bir toplumun vicdanındaki kocaman delikleri yamayan bu kadını dinlemeliydi.

20

Annesine ne kadar açıklasa da, ihtiyarın ne dinlediği vardı ne de umurundaydı artık. Ayna bulunacak, tartışılacak bir konu değildi bu. O ayna ki, sarayın baş baharatçısı, nur yüzlü nur alınlı efendiden tek yadigârdı. Böyle diyordu da, dediğinden geri durdurabilene aşk olsun. Nerden gelip nasıl yerleşmişse bu tevatür zihnine, namlı tarihçiler önüne dizilip, gözlerinin içine hürmetle baksa, belgeli gerçeği en inandırıcı sesleriyle anlatsalar kâr etmeyecekti. O ayna eşsiz bir antikaydı ve hanedana hizmet etme onuruna erişmiş, büyük büyük dedemizin biricik hatırasıydı. Kim bilir padişahımızın eli değmiş, gözü görmüştür ve bu hiç şüphe yok ki onu paha biçilmez yapmaktadır. Gerçek bambaşkaydı oysa. Ailede anlatılan bir ayna hikâyesi vardı elbette. Herkes bir tarafından bakmış, her dilden ayrı bir efsane dökülüvermişti. Vaktiyle aynayı görmüş, aynaya bakmış herkes orada ayrı bir güzellik görür, orada kimselerin bilmediği gizli bir serüven yaşar olmuştu. Ayna böylece bir kaçma saklanmanın, bir unutma toparlanmanın aracına dönüşüvermiş. Zaman makinesi gibi gören, davranan da çıkmış tabii, sihirli lamba gibi beklentiye giren de. Bunda aynanın, elmasları gölgede bırakacak göz alıcı parlaklığının rolü muhakkak ki varmış, fakat çerçevesindeki sanat, desenlerindeki cezbeden, adeta efsunlayıp hayale hülyaya düşüren işçilik dille anlatılır şey değilmiş. Velhasıl kelam ailede herkes sevmiş bu aynayı. Kimse de onu, annesinin gördüğünden aşağı görememiş bu yüzden. İnsan yapımı değildir, bir hikmete işaret olarak gönderilmiştir diyen de olmuş; Mısır firavununun hazinesinden bir parçadır, her nasılsa bir kervana yük edilmiş, haydutlar, yol kesenler çalıp kaçırmış, İstanbul'da hatırlı bir efendiye satılmıştır, ondan kim bilir bir şekilde geçmiştir dedemize diyen de. Aynanın hikâyesi ne kadar inanılmaz olursa o kadar saygın, o derece kıymetli bir yer edinmiş ailenin tarihinde. Babasının yol kenarında bulup, çerçevesini onartıp, salonun bir köşesine koyduğunu, doğduğu gün hakkın rahmetine kavuşan babacağızından değilse de baba yerine sevip güvendiği komşularından dinlemişti oysa. Gerçek bundan ibaretti ya, ailede kimse inanmıyordu bu anlatılana. Hep yalan, hep riya diyerek hor görmüşler, kırk yıllık, elli yıllık ahbaplarını ölüm döşeğinde bile affetmemişlerdi hikâyenin aslını anlattığı için. Doksan ikinci yaşına, uzun ömürler olsun, bir iki anlaşılır rahatsızlık dışında gayet sağlıklı giren annesinin zihni her konuda berrak, her konuda almaya anlamaya açıktı da bu konu ne zaman açılsa ya kulakları işitmez ya belleği çıkaramaz oluyordu. Hikâyesinden vazgeçecek değildi. Bunun için onu zorlayamazdı elbette. Ama on altı yıl önce, çocukluğundan beri oturdukları evden taşınmak zorunda kaldıklarında, nasıl olduysa ayna kayboluvermiş, o günden sonra zaman içinde biraz biraz akıllardan silinir, bahsi geçirilmez hale gelmişti. Ne var ki iki yıl önce bir sabah annesi başında belirip, onu gördüm rüyamda, ayna burada, bu mahallede, ahşap bir binada, gezip dolaşacak aynayı getireceksin, ölmeden göreceğim bir daha, hazırlan, deyip gitmişti. O gün bugündür kılıktan kılığa girip annesine ayna aramış, neye benzediğini tam olarak anımsayamadığı bu aynaya benzeyen ne kadar ayna varsa, asılı olduğu çivilerden söküp, yaslı durduğu duvarlardan kaldırmış, hırsızlığına kahredip, lanetlerini içine atıp annesinin son arzusunu yerine getirmeye çalışmıştı.

Annesini kandırmayı denemişti bir ara. Fakat külyutmaz bu ihtiyar, önüne doğru ayna gelinceye dek ikna olmayacaktı. Bir zaman bu haline kızmış, gündüzleri munis, sevilen bir memur iken, geceleri akılsız bir hırsıza dönüştüğü için kendisini affedememişti. Mücevher görse almıyor, açıkta bir çanta para olsa dönüp bakmıyordu da nerede kendilerininkine benzeyen eski, yıpranmış bir ayna görse onu yüklenip çıkıyordu.

Memurluk, hayali kurulacak iş değildi. Bir kopuk gibi, hesapsız bir gezgin gibi yaşamanın hayalini kurmuştu da, daha girdiği ilk memurluk sınavında hem de yüksek bir dereceyle başarılı olunca, kendini hiç arzulamadığı bir pozisyonda buluvermişti. Zaman içinde kazandığı para hayatını sürdürebilmesi için vazgeçilmez hale gelince hayal kurmayı filan bırakmıştı. Bir yanıyla o ilk gençliğindeki eyvallahsız hayat kurgusuna denk geliyor diye, geceleri tanımadığı insanların evlerine girip, onların servetleriyle filan hiç ilgilenmeyip, mütevazı hayal perdelerini -aynalarını alıp çıkmaktan hoşlanmıştı. Sonraları bir budalaya dönüştüğünü fark etmişti. Yinelenen figürler hayat değildir, diye düşünüyordu. Ayna çalmak, ne kadar yinelenirse o kadar yaklaştırıyordu onu başka tür bir memuriyete. Sonuçta şu kara tablodan kaçamıyordu: Yaptığı hiçbir şeyi yapmayı akıl eden kendisi değildi, hiçbir hayalini de gerçekleştirememişti. Memur da o değildi, hırsız da! Ne yaparsa yapsın, kulaklarını, yitip dağılan zamanının feryatlarına istediği kadar kapasın, mutsuzdu. Mutsuzluk hiçbir şeye benzetilemiyordu üstelik.

Hiçbir eve girmeden gece boyu dolaşmış, hiç denememiş olmamak için sabah üçe doğru girdiği evden yine kucağında büyük boyutlarda bir ayna ile ayrılmıştı. Yanında getirdiği bez, aynayı sarıp sarmalamaya yetmemiş, üstüne üstlük apartmanın önüne çıktığı sıra düğümü çözülüp ayaklarına dolaşır olmuştu. Kan ter içinde kalmıştı. Bir yandan çözülen bezle uğraşıyor bir yandan da önünü görmeye çalışıyordu. Ayna da epeyi ağırdı. Neyse ki kimsecikler yoktu sokaklarda. Tabii duvar diplerine kıvrılmış uyumaya çalışanları saymıyordu. Kenarda köşede sızmışları da. Birkaç sarhoş genç yüksek sesle küfür etmenin tadını çıkarıyordu. Üzerine alınmamaya çalıştı. Çöp arabası geçti bir ara. Sağdan soldan bitirilememiş eğlencelerin sesi ulaşıyordu kulağına. Bunlar telaşlandırmıyordu onu. Alışmıştı artık. Bu saatlerde karşılaşabileceği insanların hiçbiri ona ayna hırsızı gözüyle bakmazdı. Gece yarısından sonra en sıra dışı durumlar bile olgunlukla karşılanıyor, insanlar hiçbir şeye şaşırmıyordu. Asıl korktuğu, aynayı sardığı bezin ayaklarına dolaşması, bin bir sıkıntıyla çalıp çıkardığı aynayı sokak ortasında kırıp parçalamaktı. En iyisi bezden tamamıyla kurtulmak diye düşündü. Böylece hem daha hızlı hareket edebilecek hem düşüp aynayı parçalama korkusundan kurtulacaktı. Bir köşede durdu aynayı yere yasladı, bezi aldı katlayıp çantasına koydu. Aynayı yeniden kucağına aldı. Ayna ortaya çıkmıştı, bu büyük bir riskti bir yandan ama elinden başka türlüsü gelmemişti. Eve varmaya da az kalmıştı. Yürümeye devam etti. Bulunduğu sokak sola kıvrılıyor, devam etmesi için soldan yokuş aşağı bir on dakika kadar ilerlemesi, ardından benzer bir yokuşu gerisin geri tırmanması gerekiyordu. İçinde bulunduğu şartlarda, aynayı bezinden çıkarmışken yolu bu kadar uzatması düşünülemezdi. Bu yüzden İstiklal Caddesine girip, bir sonraki sokaktan dönmeye karar verdi. Yolu kısaltmış olacaktı böylece. Kararını verip, caddeye doğru döndüğünde İstiklal Caddesinden sarışın bir kadın sokağa girmişti de yüreği ağzına gelmişti. Kadınla çarpışmalarına ramak kalmıştı. Alnında birkaç damla soğuk ter hissetti. Derin bir nefes aldı. Aynayı yeniden yere bırakıp, terini sildi. Bu kadar korkmasına anlam verememişti. Sinirli bir şekilde güldü. Sonra aynayı koyduğu yerden alıp kaldırdı.

...

Aynacı hırsız, zihni karmaşaya teslim bir halde İstiklal Caddesini, Beyoğlu'nun ara sokaklarını filan turlarken, Mehmet Cemil de Bora Aykul'un yardımı sayesinde Servet Sönmez ve arkadaşlarını öldüren kadınla görüşüp, hikâyeyi bir de onun ağzından dinleme fırsatı yakalamış, kadınla gece saat bir gibi İstiklal Caddesinde buluşma kararı almışlardı. Kadın gündüzleri uyuyordu. Uyku hapları da kar etmiyordu gerçi, yarı baygın, uyuşuk bir halde güneşi batırıyor, akşamın hareketliliği bitene dek evinde oyalanıyor, gece yarısına doğru dışarı çıkıp sabaha kadar olmayacak yerleri adımlıyordu. En belalı mekânları yokluyor, ıssız sokaklara girip çıkıyor, ipsiz sapsızların, kopukların, orospuların ve travestilerin yanında yakınında dolaşıyor, kaçmak kaçınmak şöyle dursun, onlarla beraber takılıyordu. İnsanın tayin edici özelliğinin iyilik olduğuna dair inancını uzun zaman önce yitirmişti. İnsan vicdan sahibi bir canlıydı belki, yine de bu onun hep iyi, hep hoşgörülü, hep bağışlayıcı, hep merhametli olacağı anlamına gelmiyordu. Tersine, insan vicdan azabı çekerek hayatta kalmanın mümkün olduğunu görmüştü. Eziyet edilen bir masum gördüğünde vicdanı devreye giriyordu insanın, hunharca öldürülen, açlıkla terbiye edilen milletler, hatta işkence edilen bir sokak köpeği bile olsa bir sızı, bir devasız yara sızlamaya başlıyordu da vicdan sahibi deniyordu, üzerine düşeni yapan insanoğluna. İşte hepsi bundan ibaretti ama, üzerine düşeni yapmak! Her gün yarım saatini ayırmak yetiyordu, hayvan sever olmak için örneğin. Sonrasında gönül rahatlığıyla damak tadının peşine düşebilir, seyirlik maceralarla bir arşiv oluşturabilirdi. Gülen insanlar görmek istemiyordu bu nedenle kadın, ağlayanlara da tahammül edemiyordu aynı şekilde. Nerede sebebini açıklayamadığı dertlere gark olmuş insanlar görse orada alıyordu soluğu. Müptelalar, akılsızlar, berduşlar tahammül edilebilir geliyordu ona. Şehir hayvanıydı ya insan, doğası çöp varillerinin yanında kendini gösterebilirdi ancak, kimse kimseyi kandırmaya yeltenemezdi orada. Medeniyetçilik oynamaya kalkışamazdı!

Mehmet Cemil ve kadın İstiklal Caddesi'nde bir aşağı bir yukarı dolaşıp durmuşlardı. Uyuyamamanın getirdiği güçsüzlükle kadın Mehmet Cemil'in koluna girmiş, Tünel yönünde ilerliyorlardı. Bir itiraf gibi değil de, sıradan bir işten söz eder gibi anlatmıştı cinayetleri nasıl işlediğini. Kendisine yardımı dokunan birkaç kişinin adını vermişti. Bora Aykul da bunların arasındaydı. Katillerin kimliğini ve adreslerini devletin de bildiğini, buna rağmen bulunamıyorlarmış gibi davranıldığını anlattı. Yine de yasaların beklemelerini emrettiği son ana kadar sabırla beklemişlerdi. Öldürmüştü sonra da. Yaptığı şeyi herhangi bir kavramla açıklamaya çalışmıyordu. İntikam demiyordu. Öcünü almış değildi. Yapabileceği başka ne vardı ki. Adamların ölümüyle beraber tatmin edilmiş hiçbir duygusu yoktu kadının. Daha rahat, daha huzurlu değildi. Öldürülen oğluna karşı borcunu yerine getirmiş filan da değildi. Burası böyle bir yerdi, birbirimizi öldürüyorduk, şanslıysak, kimseyi öldürme fırsatı bulamadan ölüp gidiyorduk.

Mehmet Cemil etkilenmişti kadının anlattıklarından. Bir ara, yanından geçtikleri binanın üst katlarından kulaklarına ulaşan müzik sesi dikkatlerini çekince durdular. Mehmet Cemil başını yukarı kaldırdı, eğlenen insanların seslerini seçmeye çalışıyordu. Kadın beklemedi onu, tersine, sanki bir yere yetişmesi gerekiyormuş gibi hızlı adımlarla oradan uzaklaştı. Mehmet Cemil, müzik ve kahkahaların birbirine girdiği bu yoğun gürültüyle bir süre oyalanmış, bir yandan da dinlediği hikâyenin harekete geçirdiği duygusal baskıyı atlatmayı denemişti. Kulağının arkasından ince, küçücük bir deri parçası geldi eline de, tamamen geçtiğini sandığı soyulmanın son izinden, eski derisine ait son parçadan da kurtulmuş oldu farkında olmadan. Başını yeniden yola çevirdiğinde kadının ilerdeki sokağı hızla dönmek üzere olduğunu görmüştü. Kadının kaçmaya çalıştığı gibi nedensiz bir düşünceyle atıldı, kadından belki on, belki yirmi saniye sonra onun girdiği sokağa koşarak daldı. Bu sırada aynacı hırsız, sarışın kadınla çarpışmaktan kıl payı kurtulmuştu da terini kurulayıp aynasını bıraktığı yerden kucağına henüz almıştı. Tabii, kadının arkasından Mehmet Cemil'in fırlayacağını tahmin edemezdi. Sokağı döner dönmez kadının koluna yapışacağını sanan Mehmet Cemil, sokak lambasının gidip gelen ışığının altında, kendisine doğru tutulmuş kocaman bir aynada yine kendisini gördü bir anlığına. Böylece, hem uzun zamandır izi sürülen bir aynayı tuzla buz etmiş oldu hem de sarışını kaybetti. Aynanın, yıllardır arayıp durduğu ayna olduğundan habersiz hırsızsa, aynayı filan boş vermiş, yerde kanlar içinde yatan Mehmet Cemil'e yardım etmeye çalışırken bir yandan da nereden çıkıp toplaştıkları belli olmayan gece kuşlarına, ağlayarak bir itirafta bulunuyordu:

"Annemin suçu, annemin suçu bu, annemin..."

30.05.2010